逍遥游

吕纯阳与白牡丹

谭慕平 著

百花洲文艺出版社
BAIHUAZHOU LITERATURE AND ART PRESS

图书在版编目（CIP）数据

逍遥游 / 谭慕平著. -- 南昌：百花洲文艺出版社，
2017.9

ISBN 978-7-5500-2380-2

Ⅰ.①逍… Ⅱ.①谭… Ⅲ.①长篇小说 – 中国 – 当代
Ⅳ.①I247.5

中国版本图书馆CIP数据核字(2017)第196474号

逍遥游

谭慕平　著

策　　划	赵东亮	
出 版 人	姚雪雪	
责任编辑	余　茁	
美术编辑	赵　霞	
封面题字	余秋雨	
制　　作	黄敏俊	
出版发行	百花洲文艺出版社	
社　　址	南昌市红谷滩新区世贸路898号博能中心一期A座20楼	
邮　　编	330038	
经　　销	全国新华书店	
印　　刷	江西千叶彩印有限公司	
开　　本	787mm×1092mm　1/32　印张　7.25	
版　　次	2018年2月第1版第1次印刷	
字　　数	100千字	
书　　号	ISBN 978-7-5500-2380-2	
定　　价	33.00元	

赣版权登字　05-2017-331

邮购联系　0791-86895108
网　　址　http://www.bhzwy.com
图书若有印装错误，影响阅读，可向承印厂联系调换。

前　言

　　前些时，一面写小说，一面阅读余秋雨先生新作《何谓文化》。小说将完稿时，读到一篇庄子所写的《逍遥游》（今译）。余先生译道：“北海有鱼叫鲲。鲲之大不知有几千里，它化为鸟，就叫作鹏。奋翅一飞，飞向南海，以翅击水三千里，直上云霄九万里，一路浩荡六月风。……寒蝉和小鸠……也飞……穿越榆树和檀枝……。”手头这本八仙东行求道的书将完稿，正思考用何书名，读完余先生译文，不由灵机一动，就用“逍遥游”三字名之。拙作的八仙，也上驾祥云，飞驰长空；行走大地，疾行如飞于山川大地，从形式上很是吻合。

　　但从内容上看呢？《逍遥游》写了几则意蕴极深、富有哲理的小故事，指向顺应天地万物合一的道家学说。

　　我平生爱游名山大川，品赏文化古迹。特别讲究逍遥自在，可要达到这一境界，得有自主权。可你随旅游团出游，导游一举小旗，你必看旗而行止。他（她）引你去购物，你不能不购；他们改变路线，你得加付费用等等。当然会和游客发生争执，甚至吵架，斗殴。旅游方也常有不文明处，到处刻画XX到此一游，爬上并不坚固的景点拍照，以及乱扔垃圾，随地吐痰，甚至性侵等等，产生法律、行规、文明礼貌等问题。此书也和旅游途中一样，也会常出现矛盾，八仙也常碰到非礼、违理、邪恶之事，他们按道家之教义妥善处理。

道家是中国古典优秀文化最早产生的学派。孔子曾问道于老子，可见儒家稍后于道家，胡适先生曾说："老子是中国哲学的鼻祖。"鲁迅说："不读《老子》一书，不知中国文化。"林语堂说："儒家与道家是中国人灵魂的两面。"所以本书写唐僧西行取经的同时，写八仙东行求道。但我对道教并无研究，理解很浅薄、无知，谬误之处定然存在。我仅作为一个崇尚道教文化的人写这部书，请专家、学者指教！

一

古峨眉山，奇木怪草，雾气笼罩，异兽蛰伏，峋岩顶天，怪石林立，鸟鸣声声，猿声欢啼，溪水潺潺，烟雾弥漫，无宗庙之建，呈原始状态。

歌声起：

> 宇宙洪荒，
>
> 修炼至今，
>
> 忍风霜雨雪，
>
> 吸日月天地精华，
>
> 白猿成了仙，
>
> 如今他渐转人形，
>
> 渴求道术，
>
> 虔诚求师拜天！

歌声中，一白猿枯坐山洞前。

大雪纷飞，暴雨倾盆飓风狂吹，他仍坚持盘腿而坐；烈日暴晒，大河冰封，他仍盘腿而坐，决不移动分毫。周而复始的风霜雨雪，度过无数个春夏秋冬，白猿立起，跃身四起来至一洞口，躬身下跪："仙师，请收我为徒。"

空中有人答道："你的道行不在我之下，怎能成尔之师，请另求仙师。"

白猿又来至另一仙洞："仙师请收我为徒。"

"我自身尚在苦修，不收徒弟，得罪了，去，求求太乙真人。"

白猿来到又一山洞前："太乙真人，白猿想拜真人为师，习学道法。"

"唔，你为人善学——！"

"我还是猿猴呀！"

"不要多久，你会修炼成人，东胜神洲有一昊天大仙，正在招徒，你快去求他，他道行高深，快去！"

"谢谢真人指点。"

白猿腾云驾雾，穿过大雪、雨帘、狂风、烈日，他见前面有一座高插九霄的山峰，正在喷火，火中一山人稳坐其间，一任大火烧烤。

山人周围拜伏数十人，白猿立即拜伏其间。少顷，烈火已向山下扑来，众人皆纷纷逃离，白猿忍痛苦熬，死死撑持。

短促之间，被焚者感到时间漫长，火渐熄灭，火中人从上走下，掌击白猿头顶三下，欣然说道："尔一身白毛皆烧光，有点仙气了，快去水中照看面容身姿。"

白猿飞身而下，来至一湖，在清澈如镜的水中一伸首，呀，自己成了一白面俊俏人形，再跃身飞越湖面，看着全身竟穿上长袍，一身俊雅斯文之气，不由失声大笑。

突然身后有人击其肩："刚才之火，并非凡间之火，乃天、地、人三火融成一体，为神火，即三昧真火，火中苦练，师父已成太上老君之徒，是为昊天大仙，名列元始天尊、通天教主之后。你也成人、成仙了。"

"昊天大师，徒儿拜见。"白猿跪倒一拜，"徒儿乃太乙真人指点而来。"

"真人可好。"

"好！"

"我俩曾从太上老君学道，道行高深，为人谦逊，不久可为天仙。"

"我成仙人了？"

"是的，适才一把火，为师三击尔头，助你成人、成仙了。"

"昊天仙师父，徒儿感恩。"

"你得有个名，仙人太多了。"

"我，我得有名？"白猿惊诧而问。

"你早从洞口出，晚从洞口入，两个口就姓吕吧。"

"两个口是吕，姓吕？"

"尔从未与异性交配，一身纯阳，就名纯阳吧！要十分珍惜。"

白猿："好！"

"你是我这洞中之宾，取个号叫洞宾吧！"

"号洞宾，师父考虑得真周到，谢谢！"

这时，几十个徒弟从四处赶来，拜伏在地，昊天大仙有些不悦："适才之火，本可以每人增加五百年道行，谁知你们个个退却，失去良机！"

众徒弟再次叩拜："徒儿不知其妙，请师父原谅。"

"哼，这是天缘！尔等看，这是峨眉山上猿猴，赶来拜师，他更不知情，就跪拜在地，一任天火烧烤一身白毛。为师能坐于火中，尔等就不能跪于远处！"

"徒儿们错了，师父降罪。"

"去吧！"天仙拉住纯阳至一僻静处，"你在这儿七天，为师传授你武功。"

"只七天。"

"嘿嘿，山间方七日，世上已千年，很长很长了，晚上来。"

"和大家一起学吗？"

"不可。"

"请教？"

"徒弟贵在有德，品质好，若教一歹人，必出现欺宗灭祖之事，压榨百姓之害，师父就成了元凶，一定要人人通过审查，择优教之！"

"呀，天仙大师之言极是。"纯阳有些激动。

入夜，师父领他到一广阔的山坡平地，先是教了他一套精绝的东瀛剑法。后来，又教了他"七十二变""飞剑除妖"，辨别下界冲天之气的怒、冤、喜、哀诸气之法，纯阳夜里学，白天复习、苦练。

一周后，昊天大仙拍拍他的肩胛："呀，你很能吃苦，有悟性，可以回去了。"

吕纯阳下跪："徒儿差得很远，再让我在此修炼，苦学一段时日。"

"不，苦练、修行何处不在，师父领进门，修行在自身。你已进门，今后全靠你自己了。你回去，一是要向太乙真人学文化，苦读古籍，为师这一点不及他。"

"还要学认字？"

"不，不仅认字，是要有文化，这世上处世行事，没文化不行，尔将寸步难移。"

"徒儿记下了。"

"在识字基础上，要熟读本教的经典著作，太乙兄会布置的，这以后你可找几个已列仙班的好友由峨眉步行来此，听为师讲道。"

"好，好，有幸再次拜见了，得见师父了。"

"现在尘世是五代十国乱世，等你东行求道，已到唐代，这时，有一高僧——"

"高僧？"

"佛教信徒，叫唐玄奘的，由孙悟空保驾西行……"

"孙悟空，就是当年那个大闹天宫的？"

"正是，他也是猴子，其实，人类就是猴子衍化而来。唐僧西行，到印度古国取经，西行路上，妖魔鬼怪横行，要渡过九九八十一难。徒儿东行路上人烟稠密，经济发达，但贫富差别甚大，以强欺弱的不平之事多多。你要一路步行东来，本着伸张正义，惩治凶顽，仁爱公平，救苦救难的要旨，此十六字乃从儒释道三教义中择要综合而成，从中悟出道家之义。再听为师讲学，尔即可结合实际，深切领悟道教之精义。"

纯阳激动而虔诚地叩了几个头："谢谢师父教诲。"

"你去吧，呀，你转来，路上你将有一劫，若落入陷阱，必将沉沦，失落，好自为之，去吧。呀，停！为师还有几句话要告诉你。祖师爷的《道德经》说，为人要有平常心、慈悲心、敬畏心，别自以为是仙人，求道路上自视高人一等，要把自己等同于老百姓。去吧！"

"师父，这敬畏心何所在？"

"等你求道完成来此，为师讲给你听。去吧！"

吕纯阳驾祥云飞驰，忽然有一大束白光夹着一黄色光柱冲天挡道。呀，师父没有讲过这样的光柱呀，下去看看。

他从高空落下，只见几十名石匠有的在打洞，有的在精雕佛像，已雕刻成的石像个个栩栩如生，不由心生一念，何不在此为师父建一神像，那一束冲天白光就是人们的汗水所形成，但黄光何所指呢？心中满是疑云，便问道："此像是谁？"

"一位国王，这儿有释迦牟尼，也有人间王侯。"

"国王成佛了？"

"有钱的、有权的均可成像。"

"要不要请求批准呢？"

"如今都是胡太后做主，你有事可求她，喏，她来了。"

全副太后仪仗簇拥下，胡太后坐在华丽轮车上抵达。一位漂亮的三十几岁的贵妇从车上被人搀扶而下，巡视有顷："呀，雕得好，这儿就叫龙门石窟吧！"

众臣民匍匐在地："谨遵御旨。"

这时，吕纯阳走出，他的仪表、风度、英俊令胡太后和臣民十分惊奇，异口同声发出一阵惊呼。

胡太后一双秀目斜视着吕纯阳，露出一丝淫欲之念，故作庄严："尔有何事？"

"贫道欲为恩师雕一石像，供奉在此，求太后恩准。"

胡诡谲一笑："请宫中商议，起驾。"胡太后仪仗走过，走来两个太监："仙师请随我来。"

"去何处？"

"宫中，太后命你画你恩师图像，以便交匠人雕刻，你交好运啦！"

"呀，此事办得如此顺利，真乃三生有幸。"

"咱们太后美不美？"

"美。"吕纯阳是一个从未近色情、从未交配过的男人，确实内心怦然一动，欲念萌动。

"好，今夜让你品品、尝尝、亲亲——"

"不，不。"

"太后千岁每夜若无俊男陪伴，要打人、骂人、杀人……"

吕纯阳心中陡然一冷，不由想起师父临别之言，说我途中将有一劫，莫非指此。那道黄色光柱即淫欲之光，定是由此而发，心中一下理智了许多。师父曾说过：人不能受情欲支使，必须以理智为重，分清是非黑白，还其本来面目，以净行止。

纯阳越想越觉得晦气，真是出师不利，还没出世，就碰上这样丑事，想着想着，来到皇宫内院，一桌丰盛的宴席已摆下，胡太后换了一件艳丽上衣，向他招招手："先生请坐，略备小酌，为先生接风。"

"贫道甚等样人，劳动太后大驾，罪过，罪过。"

"客套过了就是虚套、虚假，来，我敬你一杯。"

吕纯阳无奈端起酒杯，碰了碰嘴唇，过去他的饮食都是山珍蔬食，今日却是大鱼大肉，他感到恶心。这时，胡太后夹起一肉圆送上，纯阳咬了口："太后千岁，请问能否为吾师雕像？"

胡太后眼一眨，笑了一笑："可以，只要你要求的都成，我们有缘嘛！先生可在这儿住下，先画一张你师图像，我一点头，交给工匠，他们便会按你的要求雕刻完成。"

"呀，谢太后恩典。"

"呀，先生从哪儿来？"

"从海洋之滨来。"

"唔，在龙门石窟相逢。"太后边说边移坐靠近吕纯阳，色迷迷地低声浅笑，"真巧啊，真个是姻缘一线牵呀！"

吕纯阳夹了几口蔬菜。

胡太后色迷迷地："来杯交杯酒。"

纯阳应付地碰了杯子，便作佯醉状，胡太后见状嗲声嗲气地盼咐："来呀，扶先生上床。"

上来四五个太监、宫娥搀扶吕纯阳，众人刚走近，纯阳早变成小猫，往地上一坐，三叫、三揖，然后窜出宫外——太后愤然，大怒，掀翻酒宴，大吼道："畜生敢逆天行事，污辱哀家人格，杀！国师。"

一道士："有。"

"快，跟踪追赶，望其份，知踪迹。"

"是——"

道士腾空而去。

纯阳回到峨眉，立即来到太乙真人仙洞，向真人跪叩。

太乙真人笑说："你在东瀛的情况我已知道，天仙对你的为人、苦练很是称赞，嘱我教你文化。行，我愿献丑了。"随手递上《诗经》《道德经》《庄子》《韩非子》以及《论语》等书，"今儿先从诗经教起，你且坐下。"

吕纯阳从此先识字，后听讲，他深感太乙真人满腹经纶，学术高深。在读《论语》时，太乙真人说："《论语》乃儒家经典，道家何必读他？其实，天地人是相通的，不能偏爱保守，孔子曾问道于太上老君，我们也应该汲取儒家精髓来丰富自己。"

吕纯阳深感此论之明智、深邃，合乎顺乎自然之说，越发激起学习的欲望。随着读书学习的日益深入，吕纯阳的气质、举止、风度日益斯文、儒雅，正如真人所说，胸中有书气自华。

一日，真人说："你还有很多学问要钻研，很多书要读。如

《荀子》《史记》等等，但现在要告一段落了，你已有了很坚实的基础，可以自己攻读。读万卷书，要和行万里路结合起来，下一段，你得按师父的要求，步行东去，听天仙讲道，现在尘世已是唐朝，圣唐天下，最近有一唐朝僧人往西方取佛经，有一徒弟名孙悟空，十分有名，你要东方学道，相背而行。西行，妖魔丛生，东行，人烟稠密，不平之事多多，你要按照师父之言，伸张正义，仁爱公允，惩治罪恶，救苦救难，从现实中学道悟道。去吧！"

吕纯阳久久跪在太乙真人面前，在真人一再催促下，洒泪拜别。

峨眉山所有洞窟几乎都有人修道，有的已列仙班，有的即将成仙，多年来，吕纯阳结交了几个仙友，这日齐被请至自家洞前新建的雨篷下聚会。共来了七位，加上吕纯阳共八仙，他们是张果老、曹国舅、汉钟离、蓝采和、铁拐李、何仙姑、韩湘子。

吕纯阳给大家斟满茶："诸位，我将遵师命去中土大唐，一路行至海滨，听老师讲道，一路之上，要主持正义，仁爱公允，惩治罪恶，救苦救难，从中悟出道教之真谛。"

"好。"众仙齐夸此举好。

"我想请诸位同行，以免一人孤独。"

张果老、铁拐李、汉钟离、韩湘子、曹国舅等五人："我们已得道成仙，陪你啦！"

其他二人说："我等虽已成仙，道行尚浅，再练一段时间，一起去听东瀛昊天大仙讲道。"

"好，暂时小别吧！"

二

六人上路了。

吕纯阳说："我们先去拜访孙大圣如何。

"他还被如来佛压在五行山下哩！"

"那更要看看，带点佳肴相赠，以表敬重之意吧！"

"行。"

五行山下，孙猴儿被压在山下，已近五百年，夜观日月星辰，日听水声鸟鸣，虽觉美好，但日日如此，感到十分孤单寂寞，便招来猴子猴孙来此玩耍。与他那图热闹，好动不爱静的脾性正相反，他只能忍挨着。日子久了，自知反抗无能，大闹不能，只好忍、熬，一副猴急性，反倒静下来专门找些有乐趣的事鼓弄，有时找来不打不相识、如今成了好友的哪吒、二郎神来玩玩，倒也自得其乐。幸好他虽与各路天神打过闹过，但感情不错，神仙们疼他爱他，尤其是天马场的同仁们以及观音大士都来看过他，今日东海龙王也来看他了。

他颇有些激动："当年闹东海，兴风作浪实在有愧，对不起。"

龙王笑了笑："不打不相识吗，别计较！"

"看你赠我定海神针，实在要千谢万谢，谢你龙恩浩荡了。"

"别扯闲话了，来，摆下。"

一神龟提食盒送上，摆了海鲜菜肴数十样，和美酒一坛："来，你受苦了，来，敬拜慰问你，干。"

吕纯阳等人驾云而来，远远见前面山头霞光万道，从山头一符牌上升起几十个猴子正与天兵天将打斗玩儿，一会打，一会跪，求神将去符，神将直摇首。

少顷，一活佛飞来，如来佛有旨，命孙猴儿护送唐僧西天取经，稍停唐僧前来，符可去。

守符神："嘛——"

猴儿们跳跃欢腾，声震山谷，六人大喜，吕纯阳："我们来得正是时候哇！"

"哈，龙王别愁，我将西行取经了，快出来了。"

"那好，我也放心了。"

"呀，有人。"

"是，敖广去了。"

"谢你的酒肴，后会有期。"

没等敖广离去，吕、李、张等仙人已到："我等拜见大圣，呀，东海龙王在此，一并拜见。"

"免礼，免礼，几位是？"

"我等峨眉八仙中人，吕纯阳、铁拐李、张果老是也，他日将借道东海去听昊天大仙讲道，届时务请方便成行。"

"行，吾将以礼待之，老龙去了。"敖广在众龟鳖鲸豚簇拥下
驾云而去。

铁拐李："哇，大圣，用我铁拐支撑五行山以减负如何？"

"不用，我去太上老君八卦炉中天火炼烤过，不怕。"

吕纯阳："呀，大圣还从太上老君学过道，是我等师叔了。"

"我管他何教，只要好就学，只要好就办，只要恶就打，三教
九流，好的，就学就办。"

吕纯阳："呀，至理名言，说得好。"

"有什么好，闹着玩儿，不过自己要正，免得不分是非，乱了
是非，甚至颠倒黑白。"

"这是大圣降生以来所学所悟吧，深刻。"

"诸位，我们从未谋面，来此何事。"

"唔，瞻仰大圣威严，拜识大圣尊容，以求一见，多多叩
教！"

"对，我将西行取经——"

张果老插言："我等东行求道，西方妖魔遍地，如有用得着的
地方，招呼一声。"

吕纯阳："听说西行道上有火焰山——"

"不怕，我嫂嫂罗刹女，有芭蕉神扇，可过此山。"

"不过，人间万事千变万化，若有变故，请来找我们，汉钟离
有一神扇，可备一用。"

"好，我们也可以再次见面，哈哈哈。"

吕纯阳说："我们三人凑了几句话送给大圣。

当年气壮闹天宫，

力顶五行亦英雄。

火眼金睛辨人妖，

金箍棒动惩顽凶。

即日西行降群妖，

取来佛经放心中。

修来正果隐仙山，

四海齐夸孙悟空。"

"这孙悟空是谁？"

"一会儿你就知道了，呀，取经人来了。"

众人一抬眼，只见几匹高头大马，后随十数年轻人，有和尚、有杂役、有马夫挑着背着行李用品走来，为首的一人，僧衣僧鞋、袈裟披肩，来到山下下马，向孙猴儿问道："你可是当年大闹天宫的孙大圣？"

"正是。"

"你可愿护我西天取经？"

"愿意，我已皈依佛教，愿拜师父为师。"

"为师为徒儿取名悟空，可好！"

"呀，"猴儿对吕纯阳，"老弟真灵，好，叫悟空好，请帮徒儿出山。"

"行，为师上山，请神将移去神符。"

吕纯阳上前一躬："在下愿往。"

"你？"

"是。"说着已腾空而去。

吕纯阳来到山头，向众神一躬："大唐僧人命我前来请众神将移走神符，放神猴出山，保他西方取经。"

众神："是！"

众神提起神符，五行山愈来愈小，愈来愈低，最后众神回西天复命了。

吕纯阳跳落山下，只见众人欢呼，众猴围着神猴跳跃吼叫。

只听孙悟空一声笑叫："尔等听了，快回花果山告诉大伙，大圣又出世啦——"众毛猴欢呼雀跃，孙悟空又说："待悟空取经归来，重回花果山，与你们欢聚吧！"

唐僧严肃道："徒儿，别误了时间，上路吧！"

孙悟空抓耳搔头一番："行，听师父的，走，诸位大仙，告辞，后会有期。"

唐僧一礼："谢施主了。"

吕纯阳等六人一礼："师父西行取经，我等东行求道。"

唐僧："佛道二教虽有别，将来会相向而行，互融互帮的。"

吕纯阳："师父此论精辟，别了。"

"告辞！"

众仙步行来到长安——唐朝首都。曲江池畔，这时已到掌灯时分，只见灯红酒绿，小舟荡漾，又闻笙箫管笛，琴弦古筝悠悠传来，更有少女放歌岸边。这时，只见一文人注目池边杨柳，稍一沉思，踱步而吟：

> 碧玉妆成一树高，
>
> 万条垂下绿丝绦。
>
> 不知细叶谁裁出，
>
> 二月春风似剪刀。

文人行吟，真是大唐都城夜景，美不胜收。六位仙人，真有些陶醉，流连忘返了。

忘返，返哪儿，这词儿不准确，是忘了找客栈住下了。正欲移步，忽闻一股异香飘来，且愈来愈香，再一注目，只见淡淡月色中，摇曳路灯下，一位丽人，身穿洁白丝绸上衣，外绣牡丹花，向他们身边走来，愈来愈近，那份艳丽之面容，愈来愈美。几个人尤其是从未接近女色的吕纯阳浑身神经紧缩，热血奔流，看得喘不过气来，心中喊了一句："呀，美如天仙，不，美赛天仙。"

白衣丽人一双俊目在他身上上下打量了几下，不禁莞尔一笑，擦身而过，向城里走去，又频频回望吕洞宾，那股异香却久久在周边飘逸。

张果老惊讶道："这什么味儿呀？"

"花香呗。"铁拐李嘲笑说，"怎么，动情啦？"

吕纯阳说："好像是牡丹花香！"

张果老笑了："动情了，我们都已结婚生子，就你没和女人交媾过，这女子临去还三送秋波，属意于你了，怎么，我来保媒，如何？"

"张兄说得对，我也尽尽力。"

"陌生女子，怎能有非分之想，师父所嘱之事一件未做，怎能先为己谋利？走，走，走，找客栈去。"

次日辰时，众人往城市走去。还没进城，只见一所三间新砌草屋前长有三株桃花，正在绽放，在日光下红了半边天，且花香四溢，一个书生在桃树下走来走去，一脸焦虑之色，时而还擦擦眼泪。

吕纯阳走上前作了一揖："这位公子何事忧虑？"

那人向众人看了看，长叹一声，继续走起来。

吕纯阳说："先生说出来，我们能帮也可帮几下，免得急坏了身子。"

那人止步，突然仰天长啸："天啦！"接着吟起一首诗来：

> 去年今日此门中，
>
> 人面桃花相映红。
>
> 人面不知何处去，
>
> 桃花依旧笑春风。

众仙看着泪光盈盈的书生，吕纯阳上前施礼："公子贵姓大名？"

"敝人姓崔名护，字殷功，请教阁下是？"

"我等乃修道之人，请问先生在寻找人，有未问问邻居？"

"呀——"书生有些羞颜，"没，我急糊涂了。"

崔护忙走向隔壁门前，敲门询问："老丈，隔壁的一位姑娘何处去了？"

"呀，她，她被坏人抢走了。"

"坏人是谁？"

"只听，只听众人称那为首的是曹国舅。"

"曹国舅。"书生气急倒地。

三人把他扶起，掐掐人中，稍停醒来。

铁拐李对曹国舅讪笑："你强抢民女，我们怎么不知道？"

"有这等事！"曹国舅发怒了，他掐掐指头，"跟我走。"

崔护醒来，跪求："请带我走。"

张果老从包中拿出折叠好的驴形纸，一吹，顿时一头壮实的毛驴立在面前。

铁拐李："这毛驴慢……"

"哼，它能日行万里，来，小伙子上驴。"

果然，毛驴四脚生风，行走如飞，众仙驾云顷刻间来到一处花园停下。

曹国舅说："眼前这个庄园，叫'国舅屯'，几百年前我曾在此住过。这儿美女多，国舅也多，我的弟弟当年依势欺人，横行乡里，我久劝不改，便往终南山修道去了。"

二人同声："原来如此。"

曹国舅："我一听歹人是国舅，便想到这里。"

吕纯阳："诸位看，一股怨气直上天庭，桃花定在此受难。"

众人又一次齐声："对。"

崔护声泪俱下，颤着声："请救救她呀！"

曹国舅："请看我的。"

他上前拍门，有人开门，他问："呀，无量寿佛，请问国舅在家否？"

"正在发怒，拒不见客。"

"我也是当年国舅。"

"你？你姓什么？"

"我姓曹。"

"错了，这儿姓晁，改换门庭啦，请别处去。"

"别，当年我曾在此院内埋有巨额财宝，今日来此挖掘，请给我个方便。"

"你等着。"家奴关门，向堂屋飞去，"国舅，门口来了人，他说他也是国舅。"

"姓什么？"

"姓曹。"

"唔，我的前房主确实姓曹，他说什么？"

"他家祖先在此院内埋有巨额财宝，今日来挖取。"

"呀，怪不得今儿一早喜鹊叫，喜事临门啦。去，让十名护院准备好，再去开门，说我出迎。"

晁国舅一脸奸笑走出拱手："诸位大驾光临，有何事？"

曹国舅："我的祖上曾在此居住，国家败亡后，将巨额财产藏于院内，以备后人所需，今儿特来寻取，惊动大驾了。"

"喔，那就请动手吧！"

近十名工人扛着铲、刀、锹等工具走上。

曹国舅以脚在院子内左蹬蹬、右踏踏："喏，就在这儿。"

一工人一铁铲下去，挖出一小小金砖，曹国舅说："对，这是记号，就在这儿挖。"正挖着，只听呼哨一声，十名护院持刀枪冲出。

晁国舅大声："你们听着，光天化日，来国舅家抢劫财产，小子们，上！"

一场格斗展开，曹国舅如和孩子们玩闹似的追着，笑着，仙人们站一旁笑看。稍停，张果老手执渔鼓竹板走上，三拍渔鼓，如惊雷炸顶，护院惊呆倒地。

晁国舅："呀，快去后宫找我姐姐救命呀。"

仆人快跑，在铁拐李铁拐横扫下，众奴才出门即倒。

吕催书生："快，呼唤桃花——"

书生："呀，呀。"

口吟诗句：桃花——

> 去年桃花落我怀，
>
> 今年风寒花不开。
>
> 卿在暗处我救汝，
>
> 冲出幽室桃花开。

只听桃花一声高呼：来也。

> 不惧摧残冰雪飞，
>
> 长囚幽室志不衰。
>
> 只等阳光照暗处，
>
> 笑迎春风在打雷。

随着吟诵声，桃花从地下室奔出，泪水满面，脸色憔悴惨白，一见崔护，疾行冲上，搂抱住，泪水纷纷。

崔护："你受苦了，快，谢谢仙人。"

桃花松开双手向众仙下跪："女子已绝食三天，若非仙人相救，必死无疑。谢谢，谢谢！"

众人走出大门，只见吕纯阳一挥手，一块金光四射的石碑飞来，立于大门前，众村民拥上，有人高声念道："国舅晁立仗势欺人，横行乡里，强抢民女，天必惩之。"

晁立拿着铁棍想击裂石碑，临近石碑，突然大呼疼痛，滚爬在地，他不得不伏地请罪，移走石碑。

吕纯阳说："晁国舅，移碑的权在你，你若痛改前非，善对百姓，行善乡里，得到百姓好评，此碑自会移走，尔若仍然行凶乡里，此碑永驻，你自己看吧！"

晁立叩头如捣蒜："一定改，一定改。"

围观的乡民全都鼓起掌来，大叫："好，好。"

众仙转身，只见书生和桃花跪伏在地："仙人，大恩，仙人，恩深如海。"

吕纯阳忙扶起二人："别这样，你们也辛苦了，尤其是桃花姑娘，快回家团圆吧！"

书生："请几位仙人喝杯喜酒。"

"谢谢，我们还有要事，后会有期吧！"

众仙回到客栈，次日又去城内闲逛，赏玩了碑林、乾陵。吕纯阳在有意寻寻觅觅，寻什么呢？寻访意中人，那位白衣姑娘！

张果老："这秦始皇真的长眠于此吗？"

铁拐李打趣道："你睁眼看看。"

"呀，里面左道门，右道坎，看不清呀！"

吕纯阳："我看清了，秦始皇确实葬在这儿。"

曹国舅："不知那时有无国舅？"

铁拐李："哈哈哈，胡话，他那么多老婆，怎无舅爷！"

张果老说："他焚书坑儒，坏。"

吕纯阳摇摇头："他有错，可功大。不是他，中华大地还是七国分裂，互相征战不休，是他统一了中国，扩大了版图，统一了文字、道路、度量衡……要不然哪有现在的大唐帝国。"

曹国舅点点头："这么说，他功大于过了。"

铁拐李铁拐一挥："呀，那儿怎么这么热闹？"

众人走近一问，原来是修陵墓的，那人说："太宗皇帝驾崩，新皇即位，要葬先皇于此。"

工程浩大，偌大一块地挖成深坑，还在往下挖。

吕纯阳："呀，怎么这儿阴气隆重。呀，呀，天下有变，将有女人当家。"

张果老："关我们屁事，走吧。"

走了半天，忽见一个穿着陈旧打补丁衣服的青年人，坐于画一圆圈内的地上，手捧书本正在苦读，旁边站了俩差役，过往村民颇多，大多不停脚地走来走去。

一个老妪走近："可怜，冤枉侄儿了，你喝水么？"

书生头摇摇。

吕纯阳走至老妪身边一躬："请问老人家，这青年人怎坐在圆圈内？"

"咳，他姓余名春，二十岁已考取秀才，满肚子诗书，为人忠厚老实，但聪明不敏锐。"老人偷偷向隔壁看了看，"隔壁地保这人坏，欺他老实，贫穷，无权无势，家里砌屋，占了他家两寸地，擅自把田间小道移动，又占了他家三分良田，还砍了他家三棵白果树。我这侄儿，斗不过他，只好忍气吞声，这狗日的见我侄儿年轻有为，自己却无儿女，就嫉妒，就怨恨，这村上谁家比他好，他就恨。这不，前天他诬我侄儿偷了他的鸡，我这侄儿，手无缚鸡之力，怎么偷他的鸡？他把侄儿告到衙门，县官判侄儿十天监禁……"

这时，一个恶形恶状的男子，从隔壁高房走出，剑指老妪斥骂："你这老婊子，胡说八道，诬陷人，下次我去你家偷只鸡杀了，看你怎么样？"

铁拐李铁拐一挥，地保"唉哟"一声："你，你！"

铁拐李怒喝一声："敢对老人如此无礼，绝非善类。"

老妪叹了一口气，悄悄走开。

这时书生却大着胆，挺起腰说道："这县令非贪官，即昏官。"

吕纯阳忙问："何故？"

"他因我是秀才，允在门前圈内服刑，实属明智之举。但审理此案，他一不问双方之人品、德行，二不察两家有何恩怨；更有甚者，他个到现场考察，即行定案，他认为一只鸡乃小事，殊不知善恶是非，事无巨细之分。"

"呀，你思路清晰，明智。"

两差人陡地高呼："你敢骂县太爷，打。"正举棒，吕纯阳在穷书生周围用剑画了个圈，差役甩起手中木棍打去，谁知棍到圆圈，被强烈弹回，差役反倒地呼痛。

越聚越多的村民大笑起来："跌得好，狗仗人势的狗。"

书生又说："这昏官一不问地保平时为人；二不问我两家以前的恩恩怨怨；三不到现场察看，就武断而判。"

众仙低声。吕纯阳说："此人聪慧明事理，将来必是清官，善于断案。"他闭目，"对，对，他将成一方官吏。"于是转过身来："你说得对。"对差役："快去通知你们老爷来此，察看现场，就说有几名仙人相邀。"

差役习惯地单膝下弯，"嗻"了一声，飞跑而去。

这时，吕纯阳问地保："这鸡，我赔你一只，待会县太爷来，你说撤诉吧。"

"没门儿。"

村民们嚷了起来："人家赔你鸡，你不吃亏，还不让人。"

"余公子已服刑三天三夜，你还不依不饶？"

"你老婆生孩子要喝鸡汤，诬赖别人，对孩子不好呀！"

"得饶人处且饶人呀，地保你也是个小官吏，为百姓想想。"

地保恶狠狠道："你们等着瞧，有你们受的！"

远处，开道锣声轰鸣，县官到。

县官："划圈为牢，不蹲大牢，本县念你是秀才，允了你，你还要怎么样？"

余公子正欲开口，吕纯阳阻止："县太爷，不到现场查戡，怎能断案？"

"你可知他两家的恩怨？"

"这与本案无关。"

铁拐李铁拐掷地："糊涂，凡事总有个前因后果，地保强占书生土地，砍去他家三棵白果树。"

县官："一事归一事。"

吕纯阳说："请看看当时杀鸡情况。"他手一挥，只见地保从自家窝里提出一只母鸡，用刀斩杀，血溅一地，然后开水冲泡，拔出鸡毛，往自家垃圾堆里一放，忽又捡起，跑至余家放下鸡毛，地保看着鸡毛哈哈大笑，叫道："抓贼，谁偷了我的鸡——"

张果老在地保家垃圾里捡出鸡毛："县太爷你看，他家也有鸡毛呀。"

众人大叫："铁证如山。""余公子冤枉呀！"

县官羞极而怒："张地保，是你栽赃害人？"

张地保似醒非醒："这，我，我恨这个读书人将来会胜于我之上。"

县官："此案已清，余秀才免去刑拘，张地保撤去地保一职，鞭打二十。"

众人大叫，欢声顿起："作恶必报呀！""余公子快起来，回家休息。"

余公子这才起身，捋了捋衣服，向仙人一躬："谢谢！"然后，拿起书边进自家门边读起书来。

县官一摆手："诸位乡亲，此案已清，请回，众位仙人请至衙门喝杯薄酒。"

曹国舅婉拒道："县太爷公务繁忙，不打扰了，告辞！"

几位仙人在西安城内街巷穿行漫步。一路吕纯阳显得更专心，好像在寻找着什么？寻什么呢？他心中的隐私是什么呢？是打探那位曲江池畔的夜行少女吧，思念那个美丽柔情，身穿白绸上绣牡丹的少女吧！走一路看景点，见前面河边有一草亭，众仙走进坐下。吕纯阳舒心畅意地说："这么个走法，真是逍遥游呀！"

曹国舅叹了口气："这求的什么道？鸡毛蒜皮，琐琐碎碎，张长李短，没意思，我要回峨眉山了。"

张果老一跺脚："你呀，生在豪富家，没在民间待过，国家有文臣武将管，民间就这些事儿。"

铁拐李讽刺说："那个晁国舅强抢民女，关闭在地下室，这事儿算小？"

汉钟离一拍桌子："那个秀才被县官误判，坏人当道算小事？村民关心的事也算小？"

吕纯阳："说得对，不管什么教都是为指引百姓谋生、长寿、为人之道，离开了民间这些事，要教干什么？庄子曰：天地与我并在，万物与我为一。又说：道是无限的，自本自根，无所不在。国舅老爷，你怎么讨厌这些民间生死性命攸关的事，以为是小事。"

曹国舅一脸羞怩问道："先师们是这样说的？"

"是这样说的。我在想，我们救助桃花夫妇、余秀才的事是不是师父交代那十六个字，有无违犯之处。"

曹国舅："是那伸张正义、仁爱公允、惩治凶顽、救苦救难？"

铁拐李对着曹国舅羞道："你还知道这四句话，我们办的事正合师父要求，就是没往深处想，与求道之道相距甚远。"

吕纯阳宽容道："咱们边走边悟吧！"

说到这儿，猛听一女子高喊救命，众人一抬头，只见大路上有四五个身穿道服的道士追赶一白衣白裙、头发散乱的女子奔来，女子走到桥上就往水里跳下。

吕纯阳急呼："救人，诸位挡住坏人——"，跳下河，抱起女子，拨开她的头发，吕纯阳忽觉似曾相识，再一细看白衣上的牡丹花："呀，姑娘，你，你，我们曾在曲江池边晚上见过吧？"

少女再次注目："呀，见过见过。"

"请问芳名？"

"白牡丹，请问公子贵姓？"

"我乃、乃修道之人。"

"怪不得仙风道骨呢？"

"适才为何事而呼救命？"

"女人难，漂亮女人更难。我因有几分姿色，被尤国舅看中，今天上午命人到我药店——。"

"你家开药店，好。"

"我父已亡，老母在堂，姓尤的狗贼，派人绑架了我，欲纳我为姜，小女使计……。"

"何计？"

"我说，得嫁国舅，小女有幸、有福，可今日不能成亲，他问我何故？我说今日乃家父仙逝周年祭年，若成亲，丈夫必死，三日后成亲吧，死狗怕死又愚蠢，见我应允，放松警惕，我趁机逃出，他急派那几个道人追赶，方有此难。谢谢公子相救。"

"呀，你我难中相逢，有缘呀！"

"你们修道救人，那些道人怎么害人？"

"那是假道人，必遭惩罚！"

铁拐李冲下桥去，一拐扫去，众道士跌倒。铁拐李断喝一声："何处修道？"

为首的道士："龙、龙虎山。"

张果老："龙虎山何人为师！"

"吴同吧！"

"屁话，龙虎山张天师乃吾师弟，你说谎！"

"小、小的……"

"说，何以为生？"

"我能算命看相，能、能为人治病！"

"骗人钱财，江湖骗子，谁愿意回家凭力气吃饭的，我给十两银，若跟着他骗人，必遭惩治。若想成真正仙人，可去山洞苦修德行。"

话未完，假道士大叫："国舅救我哇——"

吕纯阳等人一抬头，只见一个衣着豪华的人带着十数打手冲上："那个漂亮妞儿呢！"

"跳河自杀，被人救了。"

"走，到药店去。"

"我们被这几个道人治苦了哇，大人救人呀！"

尤国舅一挥手，众歹人冲上，张果老一拍渔鼓，撼天声响，震得歹人东倒西歪，铁拐李一拐扫去，歹人们二次倒地。

曹国舅："我也是国舅，我将奏明皇上，你那妹妹恬妃必废，你将被抄家问斩。"

姓尤的吓得伏地而跪："小人再不为非作歹，请国、国舅原谅。"

"滚！"

歹人们滚了，曹国舅问道："纯阳呢？"

"他送那女的走了。"

"他动心啦。"

"就是那个穿牡丹花白衣服的女子？咳，他从未与女人动情，这下动心了。"

"走——"

曹国舅说："我还得办正事，我说要见皇上，言而要有信。"

"算了，别见了，给他几个字。"

"好，大家凑凑。"

几人 凑，凑了六句，六句乃：

外戚乱朝纲，

横行乡里狂。

人心被搅乱，

几朝因此亡。

皇上需明智，

不惩国必衰。

纸笺在空中飘荡，落于龙案上，皇上一惊，是仙人飞笺警示，急召大臣商议，立即成立了一个对外戚的监督清查机构，尤国舅得到应有的惩治。

白牡丹流着泪："我要赶快回去，看望我的老母。"说着拔腿走去。

吕纯阳虽与心爱的美人儿相近，心中恋情如火，初恋的爱火在燃烧着，但他此时必须克制、理智："好，我送送你。"

二人穿过大街、小巷，白牡丹疾行，时而踉跄欲倒，但这一切却显露出她的一片至孝之心。

不久来到一药店前，"白氏药店"招牌尚在，但已被砸得柜台坍塌，断墙残垣。白牡丹不顾碎砖断瓦会绊倒人，往里屋居室冲去，床上躺着一个老妪，她扑上去高叫："妈妈，牡丹回来了！——妈——妈呀，你怎么不开口呀！"她号啕大哭起来，悲惨高呼："妈妈——"

妈妈已死在床上，这时，众仙围在一旁，个个脸上泪痕纵横，同声悲呼："妹子，你母已经仙逝，请节哀自重！"

白牡丹突然向地上一跪："诸位大仙，小女子只求与母亲灵魂跪别，问候，谢她养育之恩。"

诸仙愣住了，因为师父没教过此道，阴灵属地藏王、阎王管辖，不可越权。

稍一沉吟，吕纯阳擦了擦泪："妹子，你跟我来，去求求地藏王吧！"

众仙问道："行吗？"

"试试看吧，我相信心诚则灵！地藏王与我曾有一面之缘。"

吕纯阳拉着白牡丹飞上天空，白牡丹极为恐惧，吕纯阳鼓励说："有我呢，别怕。"

白牡丹紧紧依偎着男人，她这还是第一次，吕纯阳搂着恋人也是第一次，二人都不知当时作何想法。

不久，来到地藏王住地，门前有鬼卒守门挡住去路，吕纯阳一躬："请通报王爷，峨眉山太乙真人，他的挚友的徒弟，八洞神仙之一的吕纯阳有急事相求！"

鬼卒进去通报不久走出："请——"

见了地藏王，二人跪拜。

地藏王大笑："我俩在太乙真人处见过。"

"呀，王爷好记性。"

"怎么，这是你媳妇？"

"不，只是患难之交。"接着把事件的来龙去脉禀告一番，"母死，她在难中，未曾一见，她恳切希望能见母亲英灵一面，以谢抚育之恩。"

"哇，此乃至孝之心，允啦，来，让她母女相会。"

在一间暗室里，微弱的光影中，母女相会了。牡丹叩拜在地，抱着母亲，二人号啕大哭。哭既久，母亲说："儿呀，你一个人今后怎么生活呀！"

"女儿想出家修道。"

"修道？"

"救我的人，都是仙人，他们能成仙，我也可以，也只有这条路了，尘世间我已无一个亲人了哇！"

"修炼是要吃苦的呀！"

"女儿会忍着熬着，试试看吧！"

这时，鬼卒走进："时辰已到，分开吧！"

白牡丹再次跪拜在地，以头触地："谢谢妈妈抚育之恩呀！"

拜别了地藏王，走出大门，白牡丹往地上一跪："我要修炼，请哥哥收我。"

"你与你母相见时的一番话，我都听到，我想，一段时间后，你的脸有皱纹，发亦花白——"

"我无人要了。"

"有。"

"谁？"

"我，你唯一的亲人要你。"

"好大哥呀。"

"你先修成青春永驻的德行。"

"青春永驻？"

牡丹扑进吕纯阳怀抱。

"是的。"

"好，我一定修炼成仙。"

二人来到峨眉山原先吕纯阳修炼所住的洞穴。

吕纯阳说："我曾长期在此修道，一应生活用具齐全，你且住下。"

白牡丹左顾右盼，露出一副无奈忧色。这时，吕已请来何仙姑："麻烦你，求你指点辅助这位女子修炼，她叫白牡丹。"

何仙姑一看："呀，这姑娘貌若天仙，在此苦练，必成真仙，定成正果了，你走吧！"

吕纯阳握着白牡丹的玉手："白姑娘，坚持就是胜利。"

白牡丹勉强显出坚毅之色："嗯。"

吕纯阳走后，何仙姑笑着戏谑道："你这小妮多俊，怪不得我这大哥疼你，他相中你了。"

"仙姑取笑了，我一个平常女子，怎能与仙人相配？"

"仙人也是人，也有七情六欲——"

"仙姑也曾婚配吗？"

"婚配过，丈夫去世后，我才正式修道。大哥这名字叫纯阳，是因他多年从未交配过，遍体纯阳，你将来与他交配一次能增加十年道行。"

"呀！"

正讲着，吕纯阳又走了进来："走，回去殡葬老母，变卖家产……"

白牡丹："好。"

何仙姑说："我在这儿等你。"

白牡丹："一同来去，游游长安吧！"

仙人一时，世上唐朝已到开元盛世。

这天入夜，众仙和白牡丹散步宫墙外，忽听一阵乐声从宫内飘出，除他们外，还有喜爱音乐的百姓也在宫墙外静听，有站的、有坐的。

一曲方罢，人们鼓起掌来。

一人："这霓裳羽衣曲，是皇上亲自制曲，亲自击鼓。"

"贵妃起舞助兴，可惜墙高看不见呀！"

"我认识乐工李龟年，他说宫中把乐工、舞女组织起来名叫梨园。"

"梨园？这名字好听。"

"听说，还有西域的胡旋舞，由西域女子起舞，十分好看，可惜看不到。"

又是几声鼓响，仙人驾云腾空，观看宫中歌舞，煞是好看，众人多入迷了。

吕纯阳突然忧愁起来，说："多看几次，以后就成绝响，看不到了，兵祸快起了哇。"

白牡丹问："哪儿来的兵祸？"

"到时候就知道了，去守灵吧。"

众仙落云头，送白牡丹来到母亲坟旁一竹栅内，张果老在四边划一圈："放心休息吧。"

　　这天上午，六仙正在街上走，忽见几名太监强拉一个喝醉酒的文人从酒肆中跌跌绊绊走出，在一个年长太监指挥下送上轿子，四名轿夫抬起如飞而去。

　　白牡丹急了："各位仙人快救人。"

　　吕纯阳默了默神："不必，你知道那个醉酒之人是何人？"见白牡丹摇头，"那是诗仙李白。"

　　"写诗也有仙？"

　　"正是，那个大太监叫高力士，有好戏看，走，隐身入宫。"

　　众人随小轿隐身进入宫门，至一皇宫园林，见皇帝正和长得丰满美艳的妃子在赏花。

　　白牡丹娇羞道："那妃子是谁？"

　　"是杨玉环。"

　　这时，高力士跪禀："李白已至，可他，他大醉如泥呀！"

　　皇帝哈哈大笑："他是斗酒诗百篇，无酒不成诗呀！召他见驾。"

　　李白被架上，高力士高声叫道："李学士，叩见圣上。"

　　李白昏昏沉沉："圣上？叩、叩见圣、圣上。"

　　"朕正和妃子在此品赏牡丹，卿可赋《清平乐》说说此游！"

　　"是，臣有、有一请求。"

　　"说。"

　　"臣今儿酒、酒已过量，双脚疼，不能作诗，臣请此公、公，

35

为臣脱、脱靴，方有佳句。"

"高力士，你，你就为李爱卿脱去长靴吧！"

高力士皱了眉头，苦着脸："臣领旨。"万分不悦地上前为李白脱靴。

太监们抬上书桌，研好墨，铺上白纸，置笔于上。

李白双靴脱去，光脚在地上走着，不时向杨贵妃注目："咳，咳，咳！好清凉也。"边走边向贵妃和玄宗注视。略一沉思，挥笔而书，一会儿三首《清平乐》书于纸上，高举白纸呈上："臣李白草草写就，请、请陛、陛下过目。"

玄宗接过，忙和妃子一起观看、吟咏起来：

> 云想衣裳花想容，
> 春风拂槛露华浓。
> 若非群玉山头见，
> 会向瑶台月下逢。

> 一枝红艳露凝香，
> 云雨巫山枉断肠。
> 借问汉宫谁得似？
> 可怜飞燕倚新妆。

> 名花倾国两相欢，
> 长得君王带笑看。
> 解释春风无限恨，

沉香亭北倚阑干。

玄宗把玩再三："美哉，卿之诗也！赏御酒三坛。"

李白："谢、谢陛下恩典。"

妃子娇笑："诗人笔下过分夸赞，我怎好比得起飞燕之美呀！"

突然，一官员奔进："皇上，安、安禄山叛变，叛军已陷洛阳，将至潼关。"

"潼关有哥舒翰固守，何惧之有？"

"哥、哥舒翰已降贼人。"

"呀，怎么事先一无所知？"

"叛军一路势如破竹，无人能挡，请陛下驾幸西蜀，暂避其难。"

"命陈玄礼率御林军护驾。"

"遵旨，已发召全国，令勤王平叛。"

"好。"

"銮驾已备好，叛军已近长安，请陛下快快西行。"

"妃子，快——"

杨玉环："陛下先行，臣妾换装立即随驾。"

"快。"

高力士搀扶玄宗走出，玄宗驻足："呀，李白爱卿一齐幸蜀。"

李白："谢皇上眷念，李白另有逃难之处，不劳陛下劳心，请速行。"

高力士扶玄宗下。

吕纯阳一声急呼："张果老快用毛驴送李白先生去江陵。"

李白微睁醉目："你怎知我要去江陵？"

"南下安全。"

张果老已将纸折驴形纸取出，向空中一放，毛驴已立园中。

李白："唔，你们是谁？"

"峨眉八仙。"

"呀，谢谢。"

"请上毛驴。"

"哈，山间溪边，身骑毛驴，诗情画意美哉，可这是逃难呀！"

张果老："此驴日行万里，半夜必至江陵。"

"呀，千里江陵一日还呀！"李白跨上毛驴，四顾，惨然泪下，朗声高吟：

　　倒骑毛驴下江陵，

　　繁华长安漫狼烟。

　　开元盛世难民泪，

　　梨园将毁断仙音。

吟诗声中，毛驴如飞而去。

吕纯阳放声高吟：

　　霓裳羽衣从此休，

　　梨园子弟四散走，

　　惨乎，

华清池内水干涸，

长安城内鲜血流。

众人："你还能来这一手，颇有些文采嘛！"

"打油诗，顺口溜，抒发一点感情而已，快，何仙姑快领白牡丹回峨眉修炼，先修青春永驻之道行。"

白牡丹恋恋不舍："呀，何日才能再次相会？"

"快，你修成青春永驻不老，不虑光阴似箭，白发丛生，我会去看你的，快走。"

"是——"何仙姑一声是，拽住白牡丹如飞而去。

吕纯阳："我们去城外看看，有无遇难亟须拯救者。"

众："走"。

杨贵妃着道装，梨园女乐工、舞者五六人亦道装随行。一将军护驾，出城西去。车辚辚马萧萧，车子缓缓走出都城。

吕纯阳走在碎石子铺就的大道上，只见御林军松松垮垮、争争吵吵走着。难民让开路，两边站着，有的伸手哭求："军爷，赐口饭吃吧！"

一军人："滚，我们还没饭吃哩。"

张果老："呀，饿殍遍野呀！"

曹国舅擦着泪："咳，弃婴哭淘淘哇！"

铁拐李："树皮都被抢光了。"

吕纯阳．"凄惨呀，刚刚宫内歌舞升平，顷刻间乡野处处惨景。"

"想赋诗，能有这心情么？"

吕纯阳："师弟取笑了。"

突然，有人高喊："宫中爱吃新鲜荔枝的贼婆娘，你，你不得好死呀！"

众人注目一看，只见一个瞎婆婆，一手拄拐杖，一手拎竹篮，在田埂上缓慢地走着、哭着。几位道姑急速走近老人，为首的道姑问道："婆婆有何冤屈？"

吕纯阳："呀，贵妃。"

只见那瞎婆一指前方一座坟墓，坟前石碑写着：亡夫王富、亡子王虎之墓。贵妃颤声问道："他们怎么死的？"

瞎婆："让我祭奠后告诉你。"

瞎婆点燃香烛，插好线香，跪拜，匍匐在地，放声痛哭，两名道姑扶起。

杨玉环："婆婆请说——"

"哼，那宫中贼婆娘爱吃新鲜荔枝，下面当差的从几千里外飞马送来都城，为了保新鲜，跑死了多名差役。这日，我和亡夫带着次子王彪去赶集，集上人多，拥挤不堪，熙熙攘攘，这时，一匹快马驮着一篮新鲜荔枝飞驰而来，为了新鲜，他，他马踏我夫，马匹倒地，荔枝倾倒在地，被哄抢一空。那骑马差役，他，他竟是我的长子王虎，他，他，他见父被踩死，荔枝被抢，自知一死，惨呼一声，父亲，儿子来啦——头撞大树，顿时血溅一地而死。小儿子大叫一声：我一定为父兄报仇，说完飞身而去。我，我当即昏倒，眼前一片漆黑，从此，不，不见亮光。宫中贼婆娘，你害了我一家

呀！"

众仙凄然擦泪。

杨玉环："婆婆，这宫中婆娘该骂，念奴，你看看婆婆这眼可治否？"

一个道姑上前，一人举起烛笼，念奴一看："婆婆双目是急瞎的，可治！"

瞎婆："呀，真的，你们是什么人？"

杨玉环："我等乃京城玉虚观的女道人，出来逃难的。"

"南无阿弥陀佛？"

念奴说："不，道家要说无量寿佛！"

杨玉环："我们去找一治眼的医生，一会儿就来，请问，你家在何处？"

瞎婆指着前面那座村舍："就在那村子东头。"

"我们会来为老人家治眼的。"

"老婆子等你们了，南，唔，不，无量寿佛。"

杨玉环上了车辆离去。

铁拐李："这出戏怎么往下演？"

曹国舅："妃子不会回来了，逃难要紧。"

张果老："不，去求皇帝帮她出这口气。"

吕纯阳沉思着："且看下回分解吧，妃子的品质决定了她的下一步行动。"

众人："对。"

驿站，站前，皇帝的宫车正停着，高力士门前眺望："啊，皇上，贵妃来了！"

车一停，杨玉环冲出，向驿站疾行，大声哭诉："皇上，臣妾被人骂成宫中贼婆娘了哇！"

李隆基上前抱住，为之擦泪，抚慰："谁敢如此大胆。"

"一个瞎婆。"

"高力士，命人拘捕。"

"不，不，不，陛下，是臣妾犯了杀人之罪。"

"你？你手无缚鸡之力，何能杀人。"

"臣妾爱吃新鲜荔枝，致使她的丈夫被飞马踏死，儿子触树身亡。"

"何以如此？"

"是这样……"

吕纯阳："呀，她还有点良心。"

李隆基："这关你什么事？你别太苛求自己了。"

"不，我若不爱吃新鲜荔枝，就无人去岭南长途飞马，臣妾有罪呀。"

"正常之事反说成有罪，咳，难道朕不爱鲜荔？朕也有罪了？妃子想怎么办？"

众仙隐身在旁，张果老："呀，这妃子倒有点良心。"

"静，听下去。"

"臣妾想回去为她父子超度，请丁太医同行，为瞎婆治眼。"

"不，叛军已过潼关，娘娘。"高力士跪地，"来不及了，保护皇上安全要紧，快快逃，娘娘！"

"不，若不祭不治，我，我——一路之上必魂牵梦绕，心不定，神不安，生不如死，且我有许诺，人而无信还是人吗？走——"杨玉环向外走去，"快，丁太医——"

丁太医："来啦，娘娘。"

"辛苦你一趟，妹妹们，带上祭奠的乐器，走。"

众仙默默点头，铁拐李："此女不仅有良心，还意志坚强。"

车轮启动，忽然众军拥上，有人喊："此次遭难，下面蜀道难，难于上青天，都是宰相杨国忠误国，杀，杀——"

陈玄礼大呼："弟兄们不可，不可——"

曹国舅："呀，无人听命呀！"

刀起头落，杨国忠被杀，一士卒用竹竿挑起人头，边跑边喊："奸相杨国忠被杀啦。"

有人喊："他妹妹还在宫中，战乱平安，她必报此仇，我等必死，请皇上赐死杨娘娘呀！"

"请皇上赐死杨娘娘"的声音在田野震荡。

吕纯阳："呀，这样的好人，我们必救之！"

众仙："对！"

喊声飘进车厢，杨玉环双目流泪："盛极必衰，天道难容。"

念奴："娘娘，你一生重善，同情关心皇上和宫中嫔妃宫娥，我等必保，皇上不会行此不情之举。"

杨贵妃默然无语，只有泪水纷飞。

车停，杨贵妃向村中走去。

瞎婆正在门口伫立，以耳代目："道长，无量寿佛，你们不会不来吧！"

念奴："婆婆，我们来了，快进屋治眼。"

丁太医将婆婆拉至亮处，看眼，然后将银针刺入："婆婆切莫激动，静坐片刻。"

太医将银针左灸右灸旋转静待一会，外面传来难民呼救声，瞎婆："世道乱呀！"

丁太医："别说话。"又停一会儿，"好。"将针拔出，"婆婆，你慢慢将眼睁开，慢慢慢，有光了么？"

"有，有！"

"别激动，睁大一点。"

"呀，看见人了，呀，呀，多俊的道长呀，无量寿佛！"

陡然，竿挑杨国忠人头的壮汉提着刀，高喊："娘，儿子王彪回来拜见娘……呀，怎么这么多人，呀，杨娘娘在此，此仇得报了。"举刀就砍……

吕纯阳一吹气，瞎婆持杖横扫，将王彪击倒："逆子……呀，我的瞎眼，又黑了。"

丁太医："婆婆，你太激动了，坐下，这一次只能试试，能否复明，全靠天意了。"

王彪："娘，这——"

"道长为娘治目，瞎了多年，刚见光明被你一扰乱，又，又瞎了。"

丁太医:"千万别激动,安静!"

杨玉环:"婆婆,你说祭祀需贵人之血,此处无贵人,但我是道长,来,取刀来。"

杨玉环挽起袖子,露出玉脂般肌肤,持刀,有些颤抖,尖刀险些落地,复显镇定,以刀划肤,血出,滴于符上,然后举起桃木剑,在灯上点燃,率众念经绕行。

吕纯阳:"得帮她——"

于是吕纯阳手一挥,屋里起一阵迷雾,张果老高声:"道长祭奠,我父子已升天,哈哈哈!"

王彪跪下:"儿子送别父亲、兄长。"

空中发话:"儿呀,你要分清是非,不要误伤好人。道长,大大的好人呀,没有她,为父还在地狱受苦哇!如今升天啦,谢道长!"

婆婆喊道:"一路走好呀!"

丁太医:"别激动,安静一会儿,静、静、好,能否见光,在此一举呀!"

吕纯阳一挥手,医生拔出银针:"婆婆,你慢慢睁开双目,对,要慢……"

瞎婆婆:"呀,见光了,见光了。"

杨玉环:"婆婆,你真有福呀,祝你健康幸福,长命百岁,贫道走了,再见!"

婆婆:"王彪,代我送送道长。"

王彪："道长，就是贵妃娘娘呀！"

"贵妃原是好人，下面管理的管错了，错怪她了，还骂她是宫中贼婆娘。"她用力扇自己几下嘴巴。

杨玉环："婆婆，再见了！"

王彪送至门口跪下："送娘娘！"

车轮滚滚，行达马嵬坡下一古庙前，门前军士们围住："请皇上赐死贵妃，我们保皇上西行，否则，我们散啦。"

玄宗："胡扯，陈玄礼呢？"

"传陈玄礼。"

一位将军走进："陛下，陈玄礼见驾。"

"命令御林军，不许犯上作乱，准备西行。"

"皇上，兵士们不听话了，乱不成军，臣该死。"

杨玉环从后门进："臣妾见驾。"

"啊，好，妃子安全就好，起驾西行。"

陈玄礼出，稍停走进跪倒："贵妃娘娘不死，三军不发。"

杨玉环跪下："皇上，臣妾确实有罪，请赐白绫。"

玄宗："爱妃何罪，休听歹人之言。"

杨玉环："臣妾至少有三项大罪——"

玄宗："你，你胡说什么？"

杨玉环："请听臣妾诉说罪名，一、纵容安禄山，致其日益骄横，酿成兵变。"

"这，这，此乃朕之罪。"

"二、爱吃新鲜荔枝，飞马跑死精壮差役多名。"

"爱吃荔枝，有什么错？你，你太苛求自己了。"

"臣妾终日只会蛊惑皇上歌舞升平，制作霓裳羽衣曲，致使曾创开元盛世的一代英主，沦为逃亡西蜀的难民，臣妾从没劝陛下整顿朝纲，关心民情，致使皇上远离百姓，高高在上……皇上，臣妾罪当一死。"

玄宗："这，这三条与尔无关——"

陈玄礼急上："叛军已进长安。"

高力士："请皇上西行，不然来不及了。"

拥进十几名军士："不赐死贵妃，绝不护驾。"

陈玄礼将白绫上呈皇上。

杨玉环："皇上若不下诏赐死臣妾，臣妾立即碰死此处——"说着向墙角走去。

玄宗："别、别、别……"。

高力士高喊："起驾——"

玄宗惨呼："妃子——"

杨玉环惨呼："三郎别矣！"

众仙垂泪，曹国舅："太感人了。"

张果老："当得一救。"

吕纯阳手中拂尘一挥，一道金光射出，几名宫女正拉紧白绫，门外拥入几十名士兵督察真伪，金光罩处，杨玉环倒地。

众士兵高喊："贵妃已死，护驾西行呀！"

待众人走远，吕纯阳再一挥拂尘，一座新坟已立，一驾马车载着五六女婢护着杨玉环向南走去。

张果老问："为何向南？"

"向东叛军挡道，向北沙漠戈壁，向西，不可与皇上同行，只有向南，由水道东向，乃安全乐土，自会有人救她去。"

"呀，好。"

"这女子有骨气，我们向何处去？"

吕纯阳："我们向东。"

曹国舅："向东不是叛军挡道吗？"

吕纯阳："叛军一路行凶，残害百姓，我们正要救苦救难。"

铁拐李一笑："就你两个话多，听大哥的。走。"

前面忽有金光从人群中射出。

众仙走进长安城，只见叛军到处抢劫、奸淫、放火，惨不忍睹。

铁拐李使劲将铁拐触地，犹如发生了地震，叛兵高叫："呀，地坍啦——"

张果老三拍渔鼓，声震长空。

叛兵喊道："朝廷来兵反击，开火枪啦，快跑。"

这时，街道稍稍安静，老百姓说："菩萨救人了。"

"也可能是仙人下凡搭救呀。"

百姓们跪成一片，叩头。

吕纯阳擦了擦泪："师父要求得对，百姓有难，只能不顾生死相救，不能逃，这皇帝不思守城之计，只顾抛弃百姓自己逃难，怎及妃子知难而上，救助瞎婆。"

张果老："是啊，从中悟道，更有利于盘腿修行。"

铁拐李讥笑道："你到现在说了一句在理的话。"

"你别老拿我开玩笑，滑头。"

吕纯阳和众仙走出长安东门，向东走去，经过了灞桥、潼关，再向东，渐渐听见水声轰隆。

吕纯阳高喊一声："一定是壶口瀑布，快。"

众仙疾步而行，脚下山势峻嶒，十分难走，便踩云低空飞行，一眨眼，来到壶口。忙驻足凝神观望，呀，只见两山夹持，犹如壶口，黄河之水天上来，到此被山一夹，从壶口奔涌而下，形成瀑布，宽约四五丈，落差约两丈，泻入一宽而大的石潭，十分壮观。

众仙看得如痴如醉。

吕纯阳说："我们八个人好长时间未聚会了，这一次聚会，请他们也来观赏美景。"

曹国舅抢先表态："正好！正好！"

铁拐李："让白姑娘也来，想她了吧！"

稍停，只见禅云飞驰，韩湘子、何仙姑、白牡丹都到了。

张果老一挥竹板："快看。"

众人也是如痴如醉，白牡丹依偎着吕纯阳喊道："那最下面怎有许多鲤鱼逆水势向上跃。"

蓝采和："是不是鲤鱼跳龙门？"

吕纯阳摇摇头："那是在龙门，不过，这鲤鱼逆水势而上，精神可嘉呀！"

忽然从地面上冲起一道黑色光柱，夹有断断续续的粉红色。

吕纯阳："呀，此乃凶光！"

天色突然黑雾缭绕，一女子吱吱叫着，一个美貌的年将五十的妇女，飘逸而来，高声吼道："我乃当年胡太后，那个佩剑的美男子，其实奇丑无比的家伙，快上前拜见！"

吕纯阳："你早已死去，怎今在此显示淫威？"

"嘿嘿嘿，有钱能使鬼推磨。我有钱买通了判官，牛鬼蛇神，允我不进鬼门关！太后我美若天仙，每夜都有人陪伴怜爱，你这臭虫，我招你来，你不知是福，反而悄悄逃走，哀家死不瞑目，判官献计，在此守候，以报此仇。"

"我尊称你一声太后，你怎不知羞耻，只知淫乱后宫，好端端一个国家因你而亡，你不知罪，反来向我问罪，颠倒黑白！"

"你到现在还敢骂我。"

"嘿嘿嘿，你只知淫乱，殊不知畜生发情随处可以交配，可你是人，人是有情感的，由爱生情，由情而生性欲，你一见我，就要招进后宫交配，这是畜生所为，无有人性，你不知耻吗？"

"休得多言，众鬼卒，给我惩治歹人。"

在她鼓动下，约有百十名脸上涂抹各种脸谱的鬼卒，叽叽叽鬼叫，手执各种兵器冲上。

吕纯阳："韩湘子，她乃羌人，吹奏羌音，节奏感强一点。"

韩湘子笛音一响，众鬼卒忽然随着笛音跳起各种舞蹈。

众仙笑得前仰后合。

太后大怒，一跺足："谁让你们跳舞？"

一鬼："阴间无此仙乐，一闻仙乐，身不由己，翩然而舞。"

"该死，给我揍那个适才胡说的人，否则一人一份冥钞休想拿到。"

判官呼哨一声，众鬼卒往前冲来。

汉钟离一舞芭蕉扇，狂风顿起，刮得鬼卒倒卧在地，叽叽叫喊。

这当口，只见众神簇拥着一神驾云而来，吕纯阳招呼众仙一声："叩见地藏王菩萨！"

众仙跪于地。

"呀，免礼，仙师请我来何事？"

吕纯阳："王爷请看，叛官鬼卒都是被钱买来害人的。"

众鬼卒、叛官、牛头马面都已跪伏在地。

地藏王怒火顿起："收了谁的钱？"

叛官："收、收了这胡太后的钱。"

胡太后嗲声撒娇："地藏王，奴家胡氏——"

地藏王掐着指头："哼，尔成鬼魂，已好长时间，怎不进地狱？"

"我哪儿知道，他们不让我知道。"

叛官："这，这恶、恶妇以巨资买通小官，在生死簿上删去其名，故而飘浮在外。"

"哼，贪赃枉法，其罪当下十八层地狱。来人，将叛官和这恶妇，打入地狱，牛头马面众鬼卒押至阴山服苦役十年，以示惩戒。"

吕纯阳一躬："菩萨执法严，令人感动，小仙惊动王爷了。"

地藏王哈哈一笑："咳，鬼卒贪婪，惊动上仙，乃吾平时管束不严，多有得罪！"说完一挥手，驾云而去。

汉钟离："你怎么找这老儿来此？"

吕纯阳："若不找，你再来几扇，他们必四处逃亡，危及百姓，所以请他前来治理，他职责所在。现在治理了，鬼卒们又有了去处，岂不一举两得。"

张果老："老大哥文韬武略，这一招好，好。"

众仙齐声："祝大哥早早成亲呀！"

笑声未断，一阵嘿嘿嘿大笑声起，只见孙大圣站立身旁，众仙惊呼："呀，大圣西天取经成功了。"

孙悟空手托腮："别再喊我大圣了，那是自封的，如今师父赐名悟空，叫我孙悟空。咳，你们弟兄蛮和睦共处嘛，我那师弟八戒，好吃懒做，常在师父面前打小报告，挑拨。"

吕纯阳："就是那天蓬元帅，投错猪胎，他还好女色吧？"

"正是，正是，不过，挑拨的都是小事，闹着玩，我也让着他。"

"大圣，此来何事。"

"咳，火焰山过不去。"

"你不是有个嫂嫂吗？"

"咳，她恨我把她孩子收归观音大士前，不借扇于我，我钻进她肚里，她答应借我宝扇，可我一出来，她又反悔了。不借，特来请这位大仙帮忙。"

吕纯阳："他名汉钟离，老弟随大圣效力一次吧！"

"行，走。"

孙悟空一躬身："谢众位仙人，走。"

孙、汉二神驾云而去。

吕纯阳对何仙姑："你们还是回去苦苦修炼吧！"

白牡丹突然眉头紧皱："我，我不敢，也不愿回去。"

吕纯阳急问："何故？"

"洞外，最近来了一个人，老是拿话调戏我，害得我不能安心修炼。"

"何人如此大胆？"

"不知，他说是你师弟。"

"我的师弟？我哪有这样的师弟，骗人的，你受苦了，走，一起回峨眉，诸位在此等我。"

蓝、韩、何和吕白二人回到峨眉，只见南极仙翁的两个徒弟鹤童、鹿童正大战一怀孕女子，眼看女子将被击倒。

吕纯阳一闭目："呀，这女子是一白蛇，已修成精，在人间与许仙成婚，凡间有一法海和尚不惜许仙家破人亡，定欲除妖，端午节备下雄黄酒，白娘子吃酒现出原形，吓死许仙，白娘子醒来，急奔峨眉盗取仙草灵芝救夫，被二童阻挡。"

蓝采和："蛇精乃是善举，我们助她。"

白牡丹："白娘子是好人呀，快救救她。"

吕纯阳："我来！"

吕纯阳跃身上前，以剑隔开二童："二位，此女身怀六甲，请勿过分打斗，以免伤及身体。"

鹤童："此等妖妇，伤亦何妨。"

"二位，她丈夫将死，特来盗草救夫，此等善事，值得敬重。"

鹤童："你是何人，来此撒野。"甩手一剑。

吕纯阳以剑还剑："你家仙翁在何处，我去见他。"

"他去瑶池了，你是何人？"

"我乃山中太乙真人弟子——"

"呀。"

"此女若被击死去，二位，这是三条人命呀！你师父回来知道两位闯下死去三人的过错，怎么对待？"

鹿童同情道："我们不问缘由，就阻止是有些不对，让她拿走仙草吧！"

鹤童："仙草没了，怎么向师父交代。"

突然，声音从空中飘下："别交代啦，让这女子拿走仙草救人命吧。"南极仙翁从空中飘下。

白娘子拜："呀，谢仙翁大恩大德。"

仙翁："去吧，救人要紧，快！"

吕、白二人也向师傅施礼："谢谢仙翁成全，莫怪徒儿多事。"

白牡丹："这女子也姓白？"

"她是白蛇修炼成精了。"

"还到凡间与凡人结婚，我们也结婚吧！"

"待我有空去问师父，有无什么规矩？"

诸仙来到山洞，只见一个颇为俊俏，但有些油滑的男子在洞外大声说："白小姐你回来啦，呀，真是一日不见如隔三秋，想死我了，小妹妹。"

吕纯阳走出，压制着怒火："你是什么人？"

"我？我问你是什么人？"

"我乃白牡丹小姐丈夫吕纯阳是也。"

"呀，老大哥，你想死我了，小弟是多年前和你在一起修炼的黑猿呀，现在我已得道成人，取名尤归，归于人杰仙班了呀！"

"喔，祝你成功了。"

"大哥——"他突然往地上一跪，"我求你把嫂嫂让给我！"

"你这是人话吗？"

"呀，我爱她简直发狂了，发疯啦，没有她，我必跳崖自杀，让给我吧！"

"怪不得你取名尤归，龟之言，畜生之言，到你该去的地方去吧！"

"大哥，你得救我，我离开牡丹嫂嫂心也痛，肠也断，肝也裂，头也昏。"

吕纯阳把剑往石桌上一拍："你问它答应不答应。"

尤归也把剑一亮："行，问它我怕你否？"

吕纯阳一挥剑："畜生，滚！"

"你滚——"

二人格斗，引来众猴。尤归渐渐不支，一挑剑，往地下一跪：
"饶了小弟吧。"

吕纯阳看着尤归那一副流氓、下贱、猥琐模样，既鄙视又同
情："走吧，再不准来干扰白姑娘修炼。"

"是，是，我会自己死了的。"走几步，再次跪倒，双目斜了
斜，"求大哥一件事。"

"何事？"

"在大哥不过小事一件，请求昊天大仙收我为徒。"

"此事我办不到，大仙收徒，对徒弟的人品德行要求极高，
像你这样的人格、品行，绝不会收，我也绝不会推荐，你另攀高枝
吧！"

"哼，天下之大，我会找到路的。"他飞身而起，放声喊道，
"白牡丹，我至亲至爱的娇娥，别忘记我，我俩后会有期呀！"

"畜生。"

白牡丹走出依偎着吕纯阳："此等邪恶之人得防他。"

"对。"吕纯阳拥抱起白牡丹亲吻着，"我还没有陪你玩赏过
风景名胜。"

"呀，好，走一趟。"

"往哪儿去呢？"

"洛阳——"

"不，那儿仍然是叛军统治，花天酒地，这在长安看多了，要
看风景，找古文化遗存，对，去都江堰。"

"都江堰？什么地方？"

"那儿美景如画，雄奇壮丽，走。"

尤归一路谋划出路，必欲得白牡丹而后快，苦思冥想好几天，忽然灵机一动，对，此路可行。于是，飞身到昆仑山下，跪倒："通天教主，徒儿特来拜师。"

山上人声："你是谁？"

"我乃长臂猿，苦练成人，志登仙班，特来拜求恩师收留。"

"你为何不去元始天尊、昊天大仙处学习。"

尤归瞎编胡吹："徒弟去找太乙真人，真人说，通天教主法力无边，神通广大，且人品高尚，乐于助人，同情弱者，你去求他，教主会收留你的。教主呀，收留正在难中的苦难人吧！"

教主："唔，上山来。"

吕、白二人腾云越过高山峻岭，俯视下方，只见一位皇帝在御林军簇拥下正艰难步行。

吕纯阳："他们才到了这儿，太慢了，那位贵妃已到扬州。"

白牡丹："可怜的杨玉环，好人遇难呀！"

说话间，已到都江堰。只见从岷江冲下的大水在这里由山区转入平原，流速陡降，在平原上汹涌奔腾，势不可挡。白牡丹激动道："这大水怎么一下子被制服了？"

"那是秦朝蜀郡太守李冰父子之功。他们父子俩深入山区平原，实地访察水脉，因地制宜，因势利导，建成这水利工程，使我们刚刚看到的成都平原成了沃野千里的丰收宝地，怪不得唐朝皇帝要往这儿逃呢？"

"怎么还有内外两条江，这儿，呀，水势如此凶猛……"

"这叫宝瓶口吧！也是重要工程之一。"

二人走过铁索桥、二王庙、伏龙观等景点。

白牡丹兴奋："我身处长安，孤陋寡闻，怎么有这么雄伟而优雅、壮阔而又平静之地。"

吕纯阳抱起白牡丹："说得好，你还有点文采嘛！"

"咳，就是少了几株牡丹花。"

"你就播种呗。"

"好，身上还好有几粒。"

等白牡丹播种下地，吕纯阳说："走，那边还有青城山，我们道教的名山。"

青城山很高，很陡峭，很难爬，爬上第一层，白牡丹已气喘吁吁，在老君像前烧香叩拜，之后二层、三层，只好驾云而上了。

从山顶俯视都江堰，更觉岷江水势汹涌，在都江堰一逼一放，放眼望去，成都平原沟渠纵横，河道舒展，十分赏心悦目。

白牡丹惊叹了："前人真伟大，干出这样的伟大业绩来。"

"你在修行时要多读点书，提高文化水平，将来也可以干出点事业来。"

"一定永记在心。"

"走吧！"

二人腾云回峨眉，吕纯阳忽然提议："我俩去看看这位皇帝对妃子悲不悲哀？"

"走。"

剑阁，二楼。

唐玄宗正在楼的高处向东眺望，眼角流着泪。

高力士劝道："陛下，夜已深，又下起细雨，刮起西北风，你听这飞檐角上挂的铜铃正响呢，别伤了身体，贵妃已香消玉殒，人死不能复生，你可要爱护龙体呀，皇上！"

李隆基垂泪，嘶哑着嗓子："妃子，朕在悼念你，怀念你，你可知情？呀，妃子呀！

>雨蒙蒙打得桐叶落，
>
>风萧萧吹得铃儿响，
>
>远眺马嵬白绫飞，
>
>一捧土埋玉消香，
>
>孤坟一撮无人理，
>
>风过处只见白幡扬扬。

"天啦！倘使当时冒死顶，

>谁敢伤及唐帝王。
>
>朕对不起你呀，妃子，
>
>说什么，
>
>在地愿为连理枝，
>
>在天愿为比翼鸟飞翔？
>
>誓言犹在身，

却成了忘恩负义郎！

"妃子呀！

从此后朕深宫孤独，

忍看白发生银鬓长，

华清池水干涸久，

再不闻羽衣霓裳。

私房话儿无人语，

梨园事儿无人商，

乐曲谱成无人评，

无人与朕笑语欢畅。

锦被玉枕冰样凉，

冷锅冷灶御膳房，（抽泣）

看人脸色，

被人叱责，

只有高力士弯腰驼背，

说几句衷肠，

怎不气塞心房，

痛断肝肠？

李隆基号啕大哭起来，边哭边吟：

倒不如早死，

与卿双宿双飞去天堂。

白牡丹听得泣如雨下。

玄宗哭毕问："高力士，梅妃……"

高力士忙答："奴才遍寻不见。"

玄宗又大哭起来，耳旁却传来："梅妃已回闽江。"

玄宗大惊回顾："你是谁？"

吕纯阳显身："皇上，我乃八仙中之吕纯阳是也。"

玄宗下跪："大仙，请帮朕见见梅妃。"

"皇上请。"

飞到闽州一座古刹上空，玄宗向下看去，只见阴雾笼罩中一个黄毛飘零，衣衫褴褛脸色苍白的女子正一手持香烛，一手拄杖，艰难走进大殿。

玄宗惊讶激动："那是梅妃，放我下去。"

吕纯阳："皇上别急，看她做什么？"

点火焚香后，梅妃跪伏于地磕了几个头，长叹一声，低声哭泣起来。

吕纯阳劝道："皇上，你且静静听她说些什么？"

"是，大仙……"

梅妃哭道：

> 碧云天，
>
> 贵花地，
>
> 雁声郎朗。
>
> 雁儿呀，
>
> 你何日返？
>
> 为我带去一掬相思泪，
>
> 慰我三郎！

三郎呀，

你我情淡却恩义长，

皇上呀，

你如今已失权

说话无分量

终日里白鬓人对白鬓人。

冷锅冷灶冷了御钉膳房，

无人语，无歌唱，

梨园子弟多散亡，

孤独、冷漠，

终日在愁字中恍思彷徨，

我本想只身去未央，

奈臣妾病入膏肓，

人近土壤，

只能每日三炷香，

袅袅烟香传人意，

传臣妾一番慰藉，

一点祝福，

一缕柔情，

一份体贴，

一点期望！

梅妃痛哭失声……

玄宗大喊一声："妃子，梅妃……

　　吕纯阳拍着白牡丹双肩："这个皇上倒是个多情的种子呀，只有真情实意，绝无一丝虚情假意啊。走吧！"

　　二人来到何仙姑洞前，见何正盘腿打坐。

　　"你就在这儿修行，我会来看你的。"

　　"呀，你也会像皇上那样真情实意爱我吗？"

　　"比他更深，更真爱着你。"吕拥抱住白牡丹，抚慰着，"受皇上感染，我也送几句给你。"

　　"好，我听着。"

　　吕洞宾吟道：

　　　　峨眉牡丹美而香，

　　　　洞中苦修意坚强。

　　　　青春永驻发不白，

　　　　倩丽美艳爱纯阳。

　　"你也来几句。"

　　白牡丹想了想，吟道：

　　　　今日一别痛断肠，

　　　　牡丹虽美无人赏。

　　　　何时再见郎君面，

　　　　双双欢笑入洞房。

　　吕纯阳："好，出口成章，美哉牡丹花呀！你修成青春永驻道行，就自由自在了。"

三

吕纯阳飞回，与众仙一路东行，左前方忽见一片红色，再一细看，只见桃花盛开，似一片火海，中间夹杂着白色的李树、绿色的杨柳，一问路人，知道是"桃花山庄"。众仙来了兴趣，忙左拐右拐向前行去，临到山庄，出现一条高山百溪汇成的一条大河，河上横着一座高高的石拱桥，过了桥有一牌，上书：入门请购票，非为赚钱，乃为购买米麦，来年青黄不接时，施放义粥所需，诸位请谅解。

众仙购票，卖票者说："诸位，主人吩咐，凡修道者可自由入内，无须购票。"

众仙奇怪地："怎有此一说？"

"一会便知。请进。"

众人沿着河岸前行，只见一白发银须老人扶杖漫步于桃李间，高声吟哦：

> 流水不腐山永绿，
>
> 人面桃花皆入怀。
>
> 鸟鸣啁啾聊闲趣，
>
> 诗情画意悠然来。

哈哈哈，妙，真的是其乐无穷啊！

吕纯阳："此人怎么有人面桃花皆入怀的句子，奇怪？"

铁拐李头一歪："化用古人句，何怪之有哟，哟，哟！"他也文绉绉学着文人踱起方步来。

吕纯阳头一摇："这里面定有讲究。"往里走几步，来至老人身边："老人家安好。"

老人一回首："何事？"

"请问此山庄是老人家经营的吧！"

老人左看右看："呀，道长是吕纯阳？"

吕纯阳惊诧万分："您老怎么知道？"

"呀，当年是你和几位仙人救了我和桃花呀。"

"你是那位吟人面桃花相映红的书生？"

"正是在下。"

"你还健在？"

"哈哈，多年前，夜间有神人托梦，说我不争名不夺利，重行善，斗恶习，还想建一处现实的桃花源，为百姓欣赏，玉帝知道了，一高兴说了句：让他多活几年，所以一直活着，直到如今！"

曹国舅问道："老人家没当官？"

"当日与桃花结亲后便日夜攻读，考取进士，做了官，本想做一个清官，可官场黑暗，你不送礼贿赂上级他就伸手，春节要送礼，生日、生孩子、儿子结婚等等都请你，你不送礼不行，我薄薄薪酬哪能应付，陶渊明说不为五斗米折腰，我一想对，便辞官归隐，来此建桃花山庄了。"

铁拐李问张果老："怎么是斗恶习，不是斗恶人？"

"这你也不懂，奇怪？"

"果老，果老不知道，好，好。"

"哼，你以为我像你一样浅薄？"

"恶习包括恶人，但不全是恶人，偷窃、通奸，为一点小事吵闹，打斗，甚至打群架、械斗等等，都起源于恶习，懂不懂？"

"还有点学问，不满腹稻草，哈哈哈。"

"你这也是恶习！"

崔护转身高呼："桃花，恩人来啦。"

只见一个白发婆婆健步而来，左瞧右瞧："呀，大仙。"忙下跪，被吕纯阳扶起。

"辞官后我们二人商定，不求名，不求财，只求吉祥，安康，二人卖尽家财苦寻到这块地方，种上我二人所挚爱的桃花，开挖了荒山为良田，种上各种奇花异木，茶叶果树……"

"别来虚的，说实的，走。"崔护向山坡走去，"这儿经我二人一生辛劳，现在是春有桃花，杏白柳绿，遍山山花绽放，茶树葱茏，犹如彩色地毯；夏有满池荷花绽放，鸭群游弋；秋有桂花飘香，菊遍山坡；冬天飞雪寒雨中梅花怒放……"

"呀，春夏秋冬四季有花，真诱人呀！"

"喏，河边我砌了三个亭阁，正准备取个亭名，以增风雅之趣。"

吕纯阳："想是有想法了。"

"大仙来了，就请诸位题名如何？"

"老人家把想法先说说。"

"那靠近山脉的楼阁，溪水哗哗，碧水流淌，我想取名为'听水阁'，九曲桥通向另岸的一个草棚，飞鸟喁啾，叫'听鹂轩'，这最靠近大门的亭子，人们是冲桃花来的，就取名'观桃亭'。"

吕纯阳说："好，我再想想。"

"你得泼墨题名。"

"呀，我两个破字，怎登大雅之堂。"

"别谦虚了，就这么定了。"

曹国舅低声："大哥，这样的美景，让韩湘子、何仙姑等人都来，咱们再聚会一次。"

"好！"吕纯阳指着前方一处壶口一样的地方，"前面就是源头了？走——"

这时，那个卖票的仆人飞奔而来："主、主人，那个皮胖子率二十几个人又来啦，来势汹汹，这是他的信。"

老人接信："他果然来了。"

吕纯阳问道："何人闹事？"

老人叹了口气："我与世无争，别人却争上门来，非争不可了。小二，唤那十八人出来。"转身对众仙："好在我早有准备！"

"别怕，迎上去。"

"好。"老人把拐杖重重揭地，"走——"

走到门口，只见一个有三百斤重的巨型胖子带着不少人站在门前，一见老人上前合手一躬："老人家好。"

"国舅爷好。"

曹国舅惊异而有些羞涩地说："怎么又是国舅，这国舅怎么都仗势欺人，丢人啊！"

铁拐李挖苦道："国舅斗国舅，看谁最优秀，去啊！"

胖国舅说："老人家，我以房换房，以地易地，公平合理，不欺人吧！"

"这不一样，你那地是荒地，房虽好，可是无树无景，还是各住各的吧！"

"好，不合理？咳，那就先进去再说，进！"

胖子手一挥，打手们气势汹汹走进，里面十八人迎上，没说一句话就打斗起来。

打斗间蓝采和、韩湘子、何仙姑、白牡丹从空而降，吕纯阳与众仙耳语一番，众仙点头，吕纯阳早飞步迎来白牡丹："想死我了。"

白牡丹："我也是！"

打斗多时，难分胜负，曹国舅往前一站，长袖一挥，一阵骤风刮起，打手人人东倒西歪，蓝采和把花篮往地上一放，高声："进。"众歹徒一个个落入篮中。

张果老把渔鼓往地上一放："进去。"那胖子突然离地而起，落入渔鼓中，胖子在内高叫："你，你这老不死的，还会魔法，是个妖怪，放我出去。"怎么跳，怎么叫无人应声，他绝望地哭起来。

崔护、桃花欲下跪："又一次被仙人相救，我们何等有幸。"

"老人家终生与世无争，别人欺侮你，必有好心人相救。"

"我早要为诸位仙人建生祠供祭，以表谢意。去，请画师来。"

"你还有画师？"

"为一些亭台楼阁和书房茅舍，绘几幅画挂挂，以显斯文之气。如今，请他来为仙人们绘制肖像，以便生祠砌成后请名匠为诸仙雕塑神像之用。"

"谢谢，我和白牡丹另做处理吧！"

"对，八仙群雕处，另有二位肖像。"

"谢谢了，祠成后就名八仙庙。"

"道教名观。"

"观？"

"佛教名寺庙、庵，道教名观、居院。"

"唔，承教了。"

这时，胖子在渔鼓中高喊救命，吕纯阳问："你还仗势欺人不？"

"不了，不了。"

"真话、假话？"

"说一句假的，就五雷轰顶。"

"好，果老放他出来吧。"

胖子一出渔鼓，往地下一跪："小人求大仙放生家奴，此事我乃元凶，他们奉命行事，奴仆无罪。"

"你倒不推卸责任，放啦。"

蓝采和将篮子一个颠倒，二十人走出，人人跪伏在地。

胖子又叩了几个头："还有一事请求，求大仙帮助。"

"说。"

"帮我减肥。"

吕纯阳手一挥："你已减肥三十斤。"

"再减七十斤，求求大仙啦！"

"这靠你自己，一要善待乡邻，扶困解危；二要拿起铁铲铲山开荒，成为良田，种桃、牡丹树，或茶叶、米麦，成功了，就会减肥七十斤。"

"行，行，谢谢。"胖子又叩了几个头欲待离去。

吕纯阳再次叮嘱："你要改恶为善，改邪归正，自有善报，肥必减，家必兴。"

胖子又跪下："一定遵照办理，如有半句谎话，不得好死。"

吕纯阳："这人倒不是顽固不化之人。"

老人："请新来的几位仙人往山上赏景，请。"

铁拐李拐着腿第一个往前走："回炉烧饼不好吃，回头赏景却美哉！"

众仙哈哈大笑。众人在老人带领下，重游桃花山庄，他们走过九曲桥，来到"看水阁""听鹂轩"，看着那清清流水，听着潺潺水声，远眺遍野桃红，十分惬意欢欣。

白牡丹欢叫道："这儿不就是桃花源吧？"

众仙大笑："说得好，我等皆是陶渊明了，哈哈哈。"

铁拐李："此话不妥，怎不提陶渊明的姐妹也来了，哈哈哈，就是少了点牡丹花。"

"对，老人家，再种一片牡丹，夹杂其间，就更美了。"

崔护说："呀，对，对，天色已暗，明日再来吧。"说罢请众仙回到山庄客堂，桃花奶奶已忙了一桌丰盛的家宴，两坛桃花酒。桃花奶奶给众人斟满酒，一举杯："常常思念要感谢恩人，今日如愿了，我敬仙师恩人一杯酒。"她一仰脖干了杯，"这些菜全是山上山下采集的山珍，市场上是买不到的，大家请放量。"

众人吃着品着，只觉异香扑鼻，过去从没进过口，于是，大家尽欢而饮。

次日，老人领着众仙往小壶口，看着小小瀑布，进入深谷，眼前显出还在建筑的茅屋数十间。吕纯阳问道："那儿住的是只知有秦，不知汉、魏的村民了。"

老人笑道："现在哪儿找这样的村民，老汉打算办大型私塾。"

"太深、太远，家长能送孩子来？"

"这儿有吃有住，不要钱。"

"好，好。"

"还多几间屋作客栈赚点钱贴补家用。"

"一举两得，好！"

"最后若来位大学者，可办桃花书院。"

吕纯阳不由向老人一躬："此话出自一位文人之口，令人感动。"

众仙赏玩一番，回到住处，待画师为九人各画一幅肖像，众人决定启程东行。

吕纯阳说："现在洛阳牡丹尚未盛开，但那儿曾是东都，一定繁华，去玩一下，各奔东西。"

老人夫妇和那十名护院送行，吕纯阳突然止步："来，我再教你们几招，以防胖子再度侵犯。"

吕纯教教了几招后，再次与老人告别。

这天正走着，只见前面庙宇里黑气冲天，众仙止步，张果老说："这里有鬼，待我去一瞧。"

何仙姑手一摇："不，我和白姑娘去。"

众人路边休息，何、白二人走着，忽闻女子声吵吵嚷嚷而来。

二人迎面走近，只见三四个道姑边走边说笑，但笑声中有一丝苦味，二人上前一躬："诸位请了。你们是新来的？"

一女略带哀愁语气："不，路过的。"

一女抢着说："赶快进城找地方安歇。"

"我们前往那座寺庙借住一宿。"

"不，不，那是水云观。"

"道士修道的？"

一女关切道："那儿女的够多了，你们又太美了，别去，快走。"

说着，众女道士疾步走去。

"呀，怎么？是男女道士混居么？"白牡丹感到奇怪。

"这儿定有鬼。"

二人回到原处，将情况一说，众人一分析，都认为这水云观中有不可告人的罪恶。

蓝采和说："既然这些女道人不让她俩进去，仙姑就去冒一次险。"

"如果里面有人道行深，武艺高，且巫术强，仙姑敌不过呢？岂不危险。"铁拐李说。

韩湘子一点头："说得对。"

张果老："我用毛驴驮起仙姑，我赶脚，一齐进去，你们随后跟上。"

观中地下室内，装饰得颇为豪华，粉香四溢，有十几个房间，每个房间都有道士和仕女玩乐歌唱，有一间宽敞的大房，更是豪华，床上男女正被翻红浪，鱼水交欢。

一个小道走进："道长，外面来了道姑，求见道长。"

一个中年男人从女人身上滚下，一盘腿手一掐："呀，来者不善，让我出迎。"

又一个道童进来："报告道长，有一美人已到大殿，将要落入陷阱。"

"好。"

大殿内，何仙姑老君像前下跪，刚叩下头去，身下拜垫一翻，仙姑已落入地下，被三两道徒绑住，押至道长前。道长正穿衣，一见美人，眼一迷："漂亮，我去去就来。"走出复又回头，"松绑，不要得罪了美人儿。"

道长一走，仙姑问那床上女人："你是自动来的，还是被迫进来的？"

女人忽然落泪："在大殿拜佛，拜垫一翻，掉下，被奸污，家中人至今不知我身在何处。"

"我是来救你们的，跟我走。"

正要走，几个壮实道士拦阻，仙姑用定身法定住，高声喊道："姐妹们，我是八仙之一的何仙姑，其他七仙正在上面，我是来救你们的，快，跟我走。"

观门口，道长一身道服，装着斯文样，打了个稽首："诸位，何事造访。"

吕纯阳："请问道长怎么称呼？"

"贫道法号空灵。"

"请教从何方尊者学道。"

"我们的祖师爷乃通天教主。"

"通天教主高徒，失敬失敬。天已晚，想借宿一宵。"

"可以，请进！"

这时，何仙姑领着号哭呼救的众女子奔跑而来。

何仙姑："这儿是淫贼盗匪居住，她们都是被害女子。"

道长一拔剑："胡说，清净修道之处，尔敢污秽仙人，看剑。"

吕纯阳拔剑挡住："道长何必较真，可这是一个男人修道之所，怎有这么多的女子。"

空灵回道："男女共同修道各自分居，有何不可。"

何仙姑："地下室内十几间房，每间房都见道士奸污良家妇女，你敢狡辩？"

空灵高喊一声："本当以礼款待，谁知尔等不识抬举，休怪空灵无礼，打——徒儿们，将这些人赶出去。"

吕纯阳对曹国舅："快去县衙，命县官派差役前来抓捕罪犯。"

一道徒突然惊呼："呀，起火啦！"

空灵："别慌。"吹出一口气，火势渐灭。众道人大呼："道长，你道行高深呀，打呀！"喊声未绝，只见汉钟离举扇一扇，顷刻大火熊熊而起；紧随着铁拐李一摔铁拐在空中，金光闪闪落下横扫众道人；张果老更是三拍渔鼓，响起惊雷声。众仙已先声夺人。

在大火熊熊映显间，吕纯阳和空灵互持利剑格斗起来，几十个回合后，空灵不敌，化成小鼠逃窜，随即吕纯阳变成雄猫追逐，刹那间，鼠变猫，猫成虎，狗变狮，虎成象，狮成水中鱼，象成鱼鹰，鱼成鸟，鱼鹰成苍鹰在空中追捕小鸟……

这时，空灵计已穷，法已无，从天落地求饶。吕纯阳三拍其头顶："遵照道家规定，你道行已无，贬为庶人，送官惩办，依法定罪。"这一着纯阳曾问计于昊天大仙，大仙说，善恶皆可三击顶，但口中言词两样，便把方法传授给他。

这时，几十名差役冲下，铐起空灵，驱赶众道士进城。路旁站满了百姓，解救出的妇女在叩拜父母，拥抱丈夫、恋人，抱着儿子、女儿，一见仙人别去，跪成一片哭送。

众仙走进洛阳城，逛街游耍，次日要分手了，晚上聚会，饮了几口酒。

曹国舅说："恶有恶报，这空灵道人连这点也不懂，可恶。"

铁拐李："火烧水云观，烧得痛快。"

蓝采和有些惋惜："好好一座道观，顷刻间成一片废墟，可惜了。人有罪，观无罪呀！"

吕纯阳同情道："说得对，是这话，只顾与空灵鱼来鹰往，未尝顾及。可惜！"

张果老："这通天教主门下，怎么出此恶徒。"

韩湘子："师父领进门，修行在自身，怪他自己不好。"

曹国舅："这师父择徒不严，教不严，师之惰，师父也有责任。"

何仙姑："白妹子善唱，唱几句助助兴，好不好。"

吕纯阳使劲鼓掌凑兴。

白牡丹娇羞地红着脸，斜了吕纯阳一眼："诸位不要见笑。"

张果老："我打渔鼓，为你击拍。"

"谢谢。"白牡丹沉思一下，边唱边舞起来：

　　山庄桃花胜"桃源"，

树木纵横溪水清。

黄连树下无人去，

享乐怕苦人之情。

许多顾客也都围上观看，仙、凡鼓掌，不知谁高喊一句："再来一个！"众人掌声不绝于耳。

白牡丹推之不恭，眼睛瞪着吕纯阳，吕向她点头示意："唱道观呗！"白牡丹一点头，沉思少顷，边唱边舞起来：

道观肮脏如地狱，

淫声浪语实污浊。

一把天火毁邪门，

周围百姓享清福！

众人掌声复起，渐渐平息，纷纷散去。

吕纯阳说："今儿有兴，抽点时间谈谈东行悟道心得吧！"

铁拐李："你先来。"

"好，昊天大仙曾交代，《道德经》强调三心：平常心、慈悲心、敬畏心。你们一定要有平常心，不要自以为是仙人，便看不起人，拿架子。我一路行来，发现还有更深一层意思……"

张果老急了："快说，别卖关子。"

"有了平常心，才能体会到平常百姓所思、所悲、所求……"

曹国舅大喊一声："才能仙人相通。"

众人直呼好。

何仙姑说："我今天见那几个女子说说笑笑，总觉得笑中有一点苦味……"

吕纯阳："呀，你这是有慈悲心，先悲其苦，才有勇气发慈心。"

众仙又一次鼓掌喊好："今儿悟道悟得好！"

大家这才回房休息。

吕纯阳推门进房，一见床上睡了一人，不由一惊，走近一看，原来是白牡丹脱去外衣，一身内衣睡在被中。

吕纯阳惊诧道："这，这——"

白牡丹眼一睁，挺身而起："吕哥哥，自从曲池一见，我已决心为你之妇，属于你了。多年来，我俩也是这样相处的，白牡丹不是淫荡之女，因闻得与君交媾，采君纯阳一次可增长道行五年，我渴望早一点得道，故而不顾羞耻方有此行。"

"呀！"吕纯阳先是一惊，温情道，"白妹妹，你此举不为过分，不必羞耻，我一个男人，当然欲火正旺，我这、这下、下身，早已勃起，可可——"他渐显严肃，"可对我而言，此事未告之师父，纯阳不知何时能婚配，入洞房。此番东行求道未完，只恐不宜此举，师父对徒儿言行品德要求十分严格，我，我实不敢违反，对、对你而言——"

"你说。"

"你刚刚唱道：黄连树下无人走，享乐怕苦人之情，我已知你心中之苦，这峨眉苦练对一个来自都市、经商的女子，委实难以忍受，你有些动摇，想走捷径，轻松小巧达到目的。可是这青春永驻之道行，这是你成仙之路的第一站，比如砌房，这基础必须牢固扎实，来不得丝毫懈怠！这要求你必须有一股坚忍不拔的精神，忍熬孤独冷清艰苦，方能成功。不错，受我纯阳，一次可增五年道行，可这是虚的，只可延续青春，不能使青春永驻，必然会使头脸成为一个黄脸婆子……"

白牡丹哭起来："我，我太无耻了。"

"不，是我不好，近来我要去找师父请教，如可行，我接你来，我谢谢你的一片真情实意，我热切希望你忍熬住孤独、寂寞，冷静、认真严格、一丝不苟地苦练，用坚强的毅力扎扎实实完成你的成仙第一步。"

白牡丹抬起头来："我听你的，你别误解了我，以为我是一个淫荡女子。"

"你这说到哪儿去啦，我对你只有爱，没有鄙视，只有感激，而无一丝责备之意。"

"我，我去了。"

"要安静、宽心，不要自责，自贱，鼓起勇气，勇往直前，决不走捷径想取巧，发扬愚公精神，走好这第一步！"

"谢谢你的鼓励，走了。"

吕纯阳忍熬不住，一把抱起白牡丹热吻着："我一有空就去找师父。"

次日，众仙分手，互相道别。

吕纯阳同几位东行的仙人说："诸位先去龙门石崖坑坑，我去找一下师父，问问下一步还有何要求。"

白牡丹用感激的眼神送别吕纯阳。

吕纯阳一路驾云至白云山上，落下云头，跪拜在地："昊天大仙师父，徒儿吕纯阳拜见师父。"

可是久久听不见回音，找至后山自己当年学武艺处，方见几名徒弟在练武功，于是上前一躬："诸位师兄弟，我乃吕纯阳——"

"噢，原来是吕师兄。"

"诸位怎知是我？"

"师父常常提及，故而知道。"

"请问师父何在？"

"师父刚走。"

"去何处？"

"祖师爷太上老君召见。"

"请问何时能回？"

"师父走前曾吩咐，祖师爷动怒了，不知何时能回，你们的师兄吕纯阳要来，叫他按既定十六字继续东行，不要等他。"

"唔，师父知道我要来？"

"他岂能不知，师兄，你请回。"

吕纯阳无奈地："别了，后会有期。"随即驾云先到峨眉山，向白牡丹说明未见到师父，过些时再去，又安慰、鼓励了几句，即告辞东去。

吕纯阳、张果老等仙人从洛阳东去，行至一荒野少人的一个小山村王庄，忽听前面开锣喝道，一位官员坐轿而来，到村中落轿，从轿中走出。

吕纯阳忽觉眼熟，略一回想，忙上前一躬："请问老爷是姓余吗？"

县官一惊："昨日刚到任，你……呀，好眼熟。"忙从怀中掏出上面画着几个人像的纸头，展开一看，连呼几声呀，上前一躬："是几位当年救助余家远祖的仙人来了。"

"你家远祖是否名余春？"

"是的，是的。"县官又从怀中取出另一张纸，"祖太爷爷立下遗嘱，说他欠仙人一只鸡，要我见到仙人道观即献鸡祭奠，以了当年之债。"

"哈哈哈，这余春真逗，这些鸡毛蒜皮小事他也认真对待。不愧后来当了清官。"

曹国舅点头说："好，好。他的后代一定也是清官，你看这儿穷乡僻壤，道路塌陷，坑坑洼洼，一个县太爷，能踏贱地，难得，难得。"

吕纯阳接着问："请问老爷，来此何事？"

"我昨日方到任，连夜阅读前任未结之案卷，发现这儿有一十三年前'妖鸟'之案，颇觉可疑，特来此清查。"转身吩咐差役："去，购买一只母鸡，今天煨鸡汤，请仙人们喝，钱从我薪俸中扣，不准抢夺百姓母鸡，包括煨汤也要付钱。"

差役："是，是，是。"

县官又吩咐："到被害人家去。"

地保："我去唤老两口来。"

县官头一摇："不必，他俩儿子被害，必痛心疾首，身体衰弱，下官亲去。"

众仙露出敬佩眼神，互相看了看。

众人来到一行将倒坍，陈旧破损的小院，推门而进，两个老人正在一牌位前焚香跪拜，哀啼声声。

县官上前拉起二老："我是本县县官，前来为你儿子明冤的。"

老夫老妇忙跪叩在地："青天大老爷，我儿乃被妖鸟所害，乃前世欠了人家一命，无冤可伸。"

"我来问你那天详情。"

"我儿子和许村一许姓姑娘结婚，两人十分恩爱，满月那天，媳妇回娘家住了一个月，儿子去接她回来，当天晚上，被怪鸟袭击死亡。"

"媳妇呢？"

"被妖鸟盗走。"

"你亲眼看见妖鸟了？"

"只见它星光中，翅膀展开。"

"你媳妇叫了没有？"

"只喊了一声救命，就无声无息了。"

"你媳妇长得如何？"

"美貌无比，乡间人都喊许西施。"

"你儿子是怎么死的？"

"惨啦，开膛破肚，满床鲜血。"

"领我到你儿子房中一看。"

房中。

"大人，当时，我儿子就死在床上。"

"他的双目没有被怪鸟啄瞎么？"

"他，他死不瞑目呀！"

"你在何处看见怪鸟双翅的？"

"窗子开着，只见鸟翅一扇，怪叫一声，吓得我二人忙关窗躲避。"

"当时你媳妇在哪里？"

"她已被怪鸟叼走。"

"你看见了她吗？"

"没有，只是大门开着。"

"唔，原来如此，我再看看。"

县官四处看看，见草丛角落处有一把钢刀："这刀是你家的？"

"不，不是。"

"差役带走此刀。"

差役上前用布包好。

"走，到许村去。"

"老爷，这鸡汤正在煨着。"

"诸位仙人，你们就别去了，在这儿喝了鸡汤吧！"

吕纯阳："不，我们爱看大人审案。"

"如此，请。"

众人步行十数里，来到许村，许村地保已跪迎父母官，余县令："请起，找几张凳子就在这儿讯问，顺便把户口簿带来。"

"嗻！"

大家坐好，喝了一杯地保送来的茶。

县官问道："我来问你，你们村上嫁给王庄的女子叫什么？"

"大人是问许西施？她真名叫许美丽。"

"漂亮？"

"漂亮，美人。"

"她婚前和村上何人接近，相处得好？"

地保想了想："许二生。"

"许二生可在？"

"外出经商，两年未归。"

"怪鸟叼走许美丽那天，他在何处？"

"时间长了，记不清了。"

"走，去许二生家。"

许家瓦屋三间，一个小院，家人正在吃饭，桌上有酒，有菜，老头儿酒喝得正欢，一见当官的走进，不由大惊失色，倒卧在地："大，大人，有失远迎，小民有罪。"

"呀，是儿子送来的美酒佳肴吧？"

"正是，请坐。"

"皇上有旨，要各县奖励孝子，村里把你儿子的名字报上去了，下官特来访问，你儿子叫许二生吧？"

"是，是。"

"在哪儿发财呢？"

"在，在，他姓许就到许昌去了。"

"开店了？"

"是，开饭馆，叫许氏酒店。"

"好，去他房间看看。"县官来到许二生房间，从梳妆台上捡起一个银环儿，忙收好。

又转了转，便走出大门，对差役和地保："快去许昌拿人，那女人一定也在，一齐缉拿归案，不许对任何人讲，快去！"

"嗻——"

县官又回到王庄，掏出银环给二老夫妇："二位老人看看，这是你媳妇头上的饰物吗？"

老奶奶一看激动起来："是呀，是老妇之物，转送给儿媳的。"

"下官告诉二老，你儿子是被人谋害而死，世间本无怪鸟杀人——"

二位老人跪下："青天大老爷为小民申冤呀！"

"此案已查清，凶手即日缉拿归案，二老放心。"

"谢谢啊。"二老叩头不止。

差役报说："鸡汤已煨妥，菜肴已齐备。"

"好，请几位仙人用餐，代先祖爷了却一件心事，请。"

众仙腹中饥饿，也没推却，吃完饭，喝完鸡汤，吕纯阳问："大人何以判断是刀杀而非怪鸟叩啄而死？"

"死者当时开膛破肚，又在窗外捡到刀具，如是怪鸟必用嘴吸血，浑身有叼啄伤口，由伤口吸血，何必开膛破肚。"

"大人讲的是，我还有一疑问，令祖一身正派清廉，怎么不受重用，终身七品县令？"

"尘世与仙界不一样，尘世人心不古，互相谋利倾轧，先祖一身清廉，遭各县嫉妒，诽谤诬告，因为若先祖高升，必治众县贪官，危及他们的安全，所以先祖终其一生，是在诽谤诬告中度过的。"

"这就是出头椽子先烂之谓吧？"

"谁说不是呢！唉。"县官突然愤然而吟：

> 出头椽子先腐烂，
>
> 一枝独放必遭谗。
>
> 清廉只为百姓乐，
>
> 不望升迁求清淡！

吕纯阳一拍桌子："说得好，诸葛亮说：非淡泊无以明志，非宁静无以致远！我们修道之人更讲清淡。"

余县令赞道："仙师对古文化很精通，令人感佩，有位诗人说，万物静观皆自得，四时佳兴与人同。当然，在办理冤案时，必与恶势力斗争，该斗还得斗。"

"说得好。"铁拐李喝下碗中鸡汤，"腹中已满，喝不下了。这最后一口还得喝，不喝就浪费了，还得与己斗，哈哈哈。"

吕纯阳："鸡吃了，汤也喝了，谢谢先祖余春在天之灵，也谢谢大人一番孝心诚意。"

"这老夫妇贫弱孤独，我打算卖去罪犯在许昌的财产，给二位老人养老。"

"大人积德行善，我代表二位老人谢大人了。"

张果老赞道："大人做事有头有尾，责任心强，好。"

吕纯阳："我等告辞了，祝大人官运亨通。"

"下官就不送了。"

四

众仙走着走着，来到汴梁中心热闹处，见前面一条大河，河上飞起一座大桥，十分热闹，人来轿往。正走到河边，忽见桥上白幡招展，四个人身穿白衣，抬着一口棺材冷冷清清走过，棺材上漆着"前南唐李煜之灵柩"。

紧跟着，一个年轻美人身穿重孝，奔跑而来，口叫："煜哥哥，妹妹伴你来了。"随着哭声，触棺而亡，血流一地。有人说："这是周后，李后主的妃子，被赵皇帝奸污了。"路边有人有些恼怒："这李后主这么年轻就死啦？"

一位老人："杀人夫，奸人妻，他会得报应的。"

"噤声！"

有人说："听说就为他写了一首词叫什么虞美人。"

"他是大文人，还不能写点诗，填点词？"

"我有个亲戚阉割后，在宫中办事……"

"你烦不烦，就是太监呗。"

"正是，正是，他说词儿美，可惹恼了皇上。"

"词儿怎么说？"

"你听着：春花秋月何时了，往事知多少，小楼昨夜又东风，故国不堪回首月明中……"

"这一句犯上了！"

"听说还有一句，"一老者从衣袋掏出一纸，"这首词叫《望江南》，听着：多少恨，昨夜梦魂中。还似旧时游上苑，车如流水马如龙，花月正春风。"

"怪不得要毒死他，这词儿里有恨。"

"你不清楚，他恨的是从此再无往日荣华了，没恨姓赵的呀！"

"别多话，听着：雕栏玉砌应犹在，只是朱颜改。问君能有几多愁，恰似一江春水向东流。"

众人连声："美，美，好，好！"

"眷恋故国，也是人之常情。"

"这姓赵的皇帝，没这份文采没这份才情。"

"噤声，低声说。"

"周朝柴皇帝重用他，刚一死，他在草桥就政变，黄袍加身，把柴家的孤儿寡母赶出宫门，他对得起柴皇帝吗？"

"可怜的南唐后主呀！"众摇头叹息而散。

吕纯阳："这位皇帝不知道自己的后辈，两代皇帝被关外番人俘虏去，人家没文化，也没杀死、毒死他们父子。"

"呀，你后知千年，果然如此么？"

"是的，他自己也被他弟弟杀了，对人厚道些，何至于此噢，一个才比李白的大文人，唉，可惜！"

众仙叹惜大文人之惨死，吕纯阳又说："我在古籍中曾读到一作者写的几首'金陵怀古'，其中有两首可用作今日悟道之用。"

众仙争着催他快说，吕纯阳回忆着："第一首是这么说，题目叫《北门桥》，词儿是：桥下河窄舟楫堵，深宫词成身被俘。才高未必能治国，北解经此听离歌。"

铁拐李赞佩："才高未必能治国，这句好，有意思。"

张果老点点头："意境深远呀，作词有作词的一套，治国有治国的一套。"

曹国舅："是呀，你让李白、杜甫当国王，国家非亡不可。"

蓝采和："还有一首呢？"

吕纯阳说："还有一首名《乌衣巷》。词儿写道：巷内漫步说闲话，六朝皆天浪淘沙。雏燕筑窝争高堂，怎及夕阳照万家。"

曹国舅一拍掌："也好，人人为私，丢开万家百姓必然冲突杀伐，钩心斗角，怎能持久，必然灭亡。"

铁拐李讪笑："你悟出道理了。"

曹国舅谦逊道："浅薄、浅薄，还需再思再想。"

众仙找了个客栈住下。

昆仑山顶彩云深处，通天教主洪亮声音："徒儿，你已入仙班，当归了。"

尤归跪倒："师父，让徒儿再侍奉师父一些时候，徒儿也可放心离去了。"

"难得你有这番孝心，不过旧人不去，新人不来。去吧！"

尤归其实很高兴，自由了，欢笑着驾云东行，忽见一股黑气上升，忙低飞，见一短矮中年男人，七窍流血而亡，掐指一算，知道自己来到山东阳谷县上空，死者叫武植武大郎，靠卖烧饼为生，妻潘金莲美人也，与药店老板、地方豪绅偷情，用砒霜毒死了丈夫。正观看，忽见一富人拿出一红包吩咐仆人走进衙门，向县官行贿。尤归不再等什么了，抓住机会空降后衙，接过红包，原是千两白银："哈哈哈，吾乃天仙下凡，惩治赃官，如今人赃俱获哇。"

县官："呀，仙人有何吩咐？"

"要一座漂亮房子临时住住。"

县官惧怕了，问仆人："你老板申请建筑的园林式住宅有未完工？"

仆人颤颤抖抖："刚建好。"

"钥匙呢？"

"在，在，这儿。"仆人送上钥匙，县官交给尤归："仙人请收好。"

尤归眼一斜，把千两白银交还："今儿这一切都在我手掌心内，如到巡抚衙前，会重现的。你秉公办案吧，免得我劳神，让这仆人在庄园等我。"

尤归出县衙来至一妓院"桃香阁"，鸨儿见他风流倜傥，英俊潇洒，一副有钱人姿态，躬身说："请！"

"来个漂亮姐儿。"

"有，梅香。"

"来丁。"

一个十七八岁的少女，打扮得花枝招展走来，嗲声嗲气道：

"才郎尊姓大名？"

"尤归，走。"抱起梅香进房上床，迫不及待地行鱼水之欢。事毕，尤归欢叫："美哉，洞房花烛夜，想了多少年，如今实行了，快活赛神仙呀——"

梅香："我这还是第一次。"

"真的？"

"你不见床褥血迹。"

尤归掀被一看："呀，真是，好运气也！"

梅香垂下泪："你得为我赎身，我要跟你走。"

"行，你整理行装，夜晚就走。"

"外面龟奴会打人的。"

"哈哈哈，你别管，快。"

梅香背起行李，尤归夹持飞身而上，一朵白云把他们送至一庄院。

次日传来消息，西门庆已被打虎英雄武松武二郎击毙于狮子楼。淫妇潘金莲亦被杀，这座庄园就成了尤归的永远住处。

以后一段日子，尤归以"我是大仙""助你青春永驻""我的纯阳精液可让你延年益寿"等话为由，骗得一闺门小姐，一乡间美少女为妾，齐居庄园。又雇得十名壮仆，加以武功训练，以保护庄园，欺压百姓。需钱用直接向县衙取库银，花天酒地，淫乐终日！

众仙踯躅而行，忽见前面有一广阔之地，人头攒动，喊好声此起彼伏。忙紧行几步，近前一注目，原是一个杂耍场，先映入眼帘的是一四十多岁汉子，身穿宽大长衫，身披一布，只听他念念有词，布一掀，一个中型水缸被他一手提出，后面又是掀布提出四五个小一些的陶罐、陶盆，忽然不再披布，一拍一招，飞出一只小鸟，如是三四次，每次都有种类不同的小鸟出现，围观的人直喊好，纷纷抛铜钞。

再往下，便见一女子仰卧在桌，双足蹬起一陶缸，在脚上飞转出各种花样；一个少女被人托举，立于缸边，随缸而动，陡然那女子一使劲，缸上少女却翻身立于女人的脚上，做着各种翻扑举止，也赢得阵阵喊好声。

往下看，是耍猴儿、玩狗、卖狗皮膏药、卖老鼠药的和一人拉胡琴，一女唱曲儿的，耍石锁的。还有一个地段专门卖食物，如馄饨、粉丝、鸡蛋等等。更有两处用白布圈起，一处是跑马，一处是杂技，高空飞人。

众仙拐过身来，只见眼前有一排房子，首先映入眼帘的是书场，只见门口大书：特邀李树鸣先生开讲说"五神"。众仙正想歇歇脚，便走进去，刚坐定，一位身穿长袍，颌下垂山羊胡的先生走出，往一张前面铺着绣花红毯的长方桌后一坐，一拍醒木，大声说："天下神仙多多，自姜太公封神以后，又增加了多位神祇。对老百姓来说，最敬重、最亲近的神，有五位之多，哪五位？乃千家万户家家供奉的灶王、门神、土地、财神和救苦救难观世音菩萨，今儿先说这门神。"

众仙喝了杯茶，觉得挺有趣，说书人先问听众，门神为什么都穿将军服？出自什么朝代？这一问，听众兴趣来了。

原来，大唐开国之初，有一天泾河龙王敖开变化成平常百姓，顺长安街上游玩，经过一算命馆，里面坐着一位长胡满胸的算命先生，一见龙王经过，忙喊住："你怎么还在长安街头闲逛，赶快回去，玉帝立马下令，命你降雨八分。"龙王一听，怒恼了，心想，我是行雨当事人还不知道，你怎么晓得？便说："你胡说什么？"

"快回去，来不及了。"

龙王还在故意拖延，几个虾兵蟹将到处搜寻而来，把龙王拖起就跑。

一回龙宫，果然玉帝传旨官在等他，他不由一惊，出了一身冷汗，忙跪倒，传旨官大声命泾河敖开明日午时行雨八分，与算命先生所说分毫不差，敖开心中不服，多行雨一分，以免相命先生嘲笑自己。

次日，敖开又来到相馆："玉帝命行雨九分，尔怎说八分？"

相命先生："尔违反御旨，行雨八分，是上帝有好生之德，保下界风调雨顺，解除旱象，尔胆敢私增雨一分，致使农田内涝，危害百姓，尔罪当斩。"

敖开一吓跪倒："求求大仙，设法救我。"

"监斩者乃尘世当朝宰相魏征，你去求求皇上救你。"

说书人一拍醒木："人生在世，规矩行事，不能争强好胜，越轨行事，这敖开的行为，违反天条，理该教训也；且说敖开来到皇宫求皇帝，皇帝答应了。次日早朝后，招魏征进宫，陪弈棋，不让他出宫，午饭御膳后，魏征伏案而卧，他，他灵魂出窍，用菖蒲为刃，执行斩杀敖开之命。

"敖开既死，恨皇帝未践前言，冤魂每日至宫中吵闹，皇帝只好命秦琼、尉迟恭两员大将把守宫门，宫中稍得安静。但时日一久，皇帝不愿过分劳累大将，遂命宫廷画师画二人立像张贴宫门，亦收同样效果。此事在百姓中传播，渐成习俗，于是秦琼、尉迟恭就成了门神。"

说书人话音刚完，只听门外有人高喊："高衙内这个死鬼来啦，姑娘们快逃呀！"

吕纯阳等走出书场，只见一些少女少妇纷纷夺路逃散，有的少女藏于大树后，有人喊道："高衙内来啦，快逃呀！"

只见十数恶人簇拥着一个鬼头鬼脑、大摇大摆的汉子走来，一副旁若无人的样子，正追逐一名少女。少女在前面奔跑，几名恶徒眼见要追上，突然一匹高头大马飞驰而来，在少女前站立，挡住恶人，对少女说："快逃。"那个少女来不及道一声谢，奔跑而去。

骑马那人身材魁梧，手执长枪，面色黄黄的一副病态，向吕纯阳问道："请问天波府何在？"

吕纯阳也不认识天波府，但见此人有病在身，病得不轻，灵机一动："请随我来——"却看高衙内走近，"慢，请等一等。"

事出意外，一个美少妇和一个中等相貌、颇为强悍的女人来到高衙内身边，美女向高衙内一躬身："公子，外地女子来此游玩，不识景点何在，请问公子，这大相国寺怎么走？"

高衙内一阵淫笑，心想今儿交桃花运了，美人儿送上门了："我也正要去，请随我来！"

身旁谋士虞侯向那中年妇女看看："公子，别去。"

高衙内发怒了："你管个屁事？小姐，请。"

虞侯随即急转身而去。

吕纯阳掐指一算："这两个女的是梁山泊的好汉，果老待事成后用驴送她二人回转山寨，待一会会有追兵围困，拐李兄你为此断后，别忘把虞侯逮住送去梁山泊。"

果然，两位女人来自梁山泊，美女一丈青扈三娘，年长者母夜叉孙二娘。原来，宋江一心求招安，前些时捉住率兵前来征伐梁山的高俅，他害得林冲家破人亡，林冲十分冲动，想剑指咒骂一顿，也被宋江劝止了。头领们不服，同情林冲，私底下想出杀高衙内以助林冲一泄怒气之计。

高衙内将二人引至当年调戏林冲妻子的小庙内，二女英雄杀之，砍下头颅，遂后被张果老送回梁山山寨。

孙二娘将人头掷于林冲脚下："豹子头，你的仇人在此！"

林冲大哭起来："妻啊，你在哪里，你被贼子陷害，死得好苦呀！"猛起一脚，将高衙内人头踢落不远处粪池内。众人鼓掌以祝，掌声未断，空中落下一个人来，原来是虞侯，虞侯一见林冲，扑起跪倒："大哥，念在往日情分上饶了小弟吧！"

一见虞侯，林冲不由怒火万丈，剑指而骂："你这畜生，骗我进白虎堂的是你；贿赂二公差，要在野猪林害死我的是你；火烧草料场，企图烧死林冲的也是你。你，你百死不足赎其罪！"使劲一腿，把虞侯踢出老远，口吐鲜血，被黑旋风一斧头砍下脑袋。林冲向众人叩拜："众家虞侯兄弟，谢你们啦！"宋江向林冲一躬：

"宋江对不起你了。"

却说在汴京，吕纯阳把那黄脸壮汉引到近处一小山丘上破庙内让他躺下，为他号脉："呀，你得了重病伤寒症，赶快躺下。"一边吩咐韩湘子、蓝采和一人负责延医购药，一人侍候一旁，一边问道："壮士姓甚名谁？"

病人吃力道："我，我乃失落番邦杨延辉爷爷的重孙，叫，叫杨元吉。"

"呀，辽国人，为何回来？"

"辽国君主腐败残忍，杀我爱妻，并欲杀我，故而逃回故国。"

"好，你且静养，我去天波府看看。"

天波府门庭冷落，大门紧闭，上前叩门，好一会儿方有人开门。

"请问，现在天波府谁管家？"

"杨文广元帅。"

"我有急事拜访，请通禀。"

"请问尊姓大名。"

"峨眉山修道之人吕纯阳。"

"你？你是仙人？"

吕纯阳有些不平之气："堂堂一个天波府，现在怎如此冷落，衰败？"

仆人长叹一声："大辽、西夏不进犯，朝廷用不着杨家了呗，当年，佘太君百岁挂帅，穆夫人挂帅，何等荣耀，现在不行了！"

"朝廷好势利。"

曹国舅："哼，用得着是个宝，用不着是根草！"

汉钟离："这根草，平时不培养，怎能成宝。"说着也唏嘘不已。

"俺们设法让他荣耀一次，也是宣扬正气呗！"吕纯阳一按腰中利剑，决断地说。

众仙："行。"

仆人去而复回："将军出迎！"

只见一位白发老人拄杖而来，他腰板健壮，精神矍铄，近前一躬："大仙们请了。"

"杨元帅吉祥！"

"请进。"

众人来至大厅坐下，杨文广："大仙亲临敝地，何事见教？"

吕纯阳："请问将军家中还有何人？"

"妻已逝，一子战死，就我孤独一人了。"

看着伤感流泪的杨文广，吕纯阳说道："修道人特来报喜，将军有一侄儿——"

"侄儿？俺哪有侄儿？"

"就是失落番邦的将军四祖父杨延辉的后代。"

"呀，呀，呀，他，他叫何名？"

"杨元吉。"

"对，元字辈，侄儿辈，他人在哪里？"杨文广激动起来。

"现任的辽国国王昏庸，残忍、荒淫无道，夺去元吉恋人，又要杀死元吉，元吉被迫无奈潜逃，回返故国，可一路饱受风寒，得了伤寒重症……。"

"呀，有治无治？"

"正在治疗。"

"现在何处？"

"在仓王庙暂居。"

杨文广站起身："二位，去仓王庙。"说着疾行而去。被汉钟离一扇扇飞，一落脚就闻见一股浓烈的药香味，走近一看，只见蓝采和正在喂药。一见众仙，众仙忙说："请医诊治过，开了药方抓了药，正在喂药，刚才一阵昏迷，现在醒了，好多了。"

杨文广见乱草铺地，殿内污浊，久久无人居住，也没有香火气，那座神像也灰尘满身，心中一阵难受："二仙，快，喊几个人用木板抬送元吉回府。"

二仙："嘁！"

杨文广突然一躬："鄙人求大仙一事？"

"何事，请说。"

"先祖老令公被奸人所害，在塞外为国捐躯，虽曾多次努力，至今尸骨未还故国，好恨也！"

"行，修道人努力，有熟悉地形的人么？"

"焦孟二将深入塞外洪羊洞等地寻找，不是因人力单薄，就是因所寻之处错了，故而至今未曾请回遗体，实在于心有愧，对不起他老人家呀！"

"行，我们和焦孟二将一起去。"

焦孟二将都已长须满胸，二人忽然痛哭起来，众仙忙问何故？孟定国说："当年我父孟良前往洪羊洞盗回尸骸，焦叔怕其危险，暗中保护，进入洪羊洞，家父听见后面有人跟踪，疑是辽兵，以斧砍之，焦叔没有预防，血染洪羊洞，稍停，家父发现砍死的是焦叔，大哭声中自刎而死！"

文广说："消息传至大营，我祖父六郎杨延昭，痛哭中吐血而亡。"

顿时三人哭成一团，众仙忙端水安慰。待众人用木板抬起病人回到天波府，众仙与焦孟二将立即起身，飞往洪羊洞，见有辽兵守卫，众人用隐身法从哨兵身边走过，用点穴法将哨兵定身，进入洞中，寻遍洞穴，又唤醒一个辽兵，询问焦孟二将遗骸，一并请回，终于找到令公遗骨，立即包扎好，连同长枪等遗物一起带回汴京。

吕纯阳寻思怎么能风风光光地伸张正气呢？先是劝文广要大张旗鼓举行令公入殓殡葬仪式。

文广说："此乃必然之举，可惜无大官助兴，当时的八贤王等老臣均已作古了。"

"干脆上表奏闻圣上吧。"

"哼，这个昏君只知嫖娼宿妓，舞文弄墨，哪有兴趣于此。"

"你说他嫖娼？"

"京师有一美妓李师师，被皇上嫖宿，为来去方便，从紫禁城到妓院间筑了一条地下通道。"

"好，我去试试！"

当天晚间，吕纯阳独自一人隐身地道，静待徽宗到来。等了约半个时辰，皇帝果然微服在太监护送下步行而来。

吕纯阳躬身一礼："贫道拜见，皇上万岁！"

赵佶一惊："你是何人？"

"吾乃天上八仙之一吕洞宾。"

"呀，果然仙风道骨，何事？"

"天波府杨老令公遗骸已被贫道请回，不日举行下葬仪式，欲请万岁在百忙中前往祭奠，听臣民说，万岁爱护忠臣良将，平时多有仁慈关怀，必愿前往，以安慰死者。小道想杨家为国捐躯者甚众，皇上必然御驾亲临……"

徽宗听了这番义正词严且赞美自己之情的词儿，十分欣慰，"好，去！"

祭奠那日，皇上果然御驾与群臣光临，排场之大之威严，人们从未见过，杨门为国敢于牺牲的声誉重振，一改门庭冷落的衰败气象。

蓝采和私下说："我们又不上阵，与我们求道并不相关。"

张果老说："小弟弟，帮杨家伸张了正义怎说无关？"

一个阳光普照的下午，尤归和五名少妇（他又骗来两名）在池边草亭品茶说笑。

一个仆人前来："老爷。"

尤归对这个称呼很满意："什么事？"

"零花钱快没了。"

"去县衙向县官老爷取。"

"是——"

尤归见池塘东侧，一片白牡丹盛开香气袭人，顿时想起白牡丹，他左顾右看，五个娘子虽美，但不及白牡丹那气韵，那么美轮美奂，总觉得她们缺了点什么，不由低头思索起来：我总不能就这样老套去见她，得有个善意的借口。他想着否定着，忽然想起帮她学文化，可自己大字不识几个，怎么办？

几个妞儿见他沉思不语，不敢问，也不敢言语。

陡然，灵机一动，他思得一法，既可以帮她学文化，又可以调情！

他立即走向大街，见一私塾，山羊胡老先生正在授课。

尤归谦恭地："先生，我有一事相求！"

"请说。"

"我想学文化，请先生每隔两三天授我一诗词，一首一两银子。"

"行。"

"但这诗词内容要是男女情爱的。"

"行，今天先给你一首。"说着下笔写下王昌龄的一首诗，递给尤归。

尤归一看连呼好，好，有几个字不识又问了问，付了钞走出门去，在路上想着首两句不够味儿，想了好久想了个篡改方案，回家用笔录于纸。午饭后，休息起来，穿上八卦衣，整装梳洗一遍。

众妾问道："郎君这是要到哪儿去？"

"保密。"抱住问者亲了亲。

又一小妾问："想找第六个爱姬。"

"是也亦非也。"尤归心中无数，故有此答。

众妾有的还有话问，尤归厌烦了，喝道："烦了。"突然左抱右拥："等着郎君上床作乐哟！"说毕，驾云而去。

行至峨眉山，落在洞前，来至洞口三击掌，亲昵地唤道："牡丹妹妹——"

正在苦修的白牡丹以为是吕纯阳来了，忙走出，一见尤归，忙问："道长何许人也？"

"我是尤归，妹妹不记得了。"

"尤归？"白牡丹只见对方远非当年可比，如今仙风道骨，且英俊潇洒，"呀，士隔三日当刮目相看了，请坐。"

二人坐在洞前石桌旁的石凳上。

尤归严肃道："上次相见，尤归语言多有冒犯，今日特来道歉。"

"道长过谦了。"

"那次分别后，我便拜通天教主为师，师尊特别宠爱我，我现已位列仙班，道行高深，法力精湛。"

听尤归吹嘘，牡丹敷衍道："呀，道长吃了不少苦了。"

"唉，苦呀，现在想来真不值得，尘世间学了文武艺，还能货卖帝王家，这成了仙只有游山玩水之乐，无路可使，何苦哟！"

这话触动了白牡丹的神经，长叹一声，问道："道长今日所来何事？"

"把正事忘了，罪过罪过！教主要我学文化，我想当年吕兄也要妹妹学文化，我想，他东方求道很忙，我应该帮一把，以补当年冒犯之过，故而前来助妹妹学文化，学诗词，妹妹在苦练间隙，学点文化，调调口味，修行更有效了，一举两得。"

这话白牡丹很乐意听，她想还有个人对对话，岂不乐哉："道长说得很有道理，不知怎么学？"

尤归拿出那张纸头，递上："先照此识字，再听我解释内容，三日一首，一段时间后妹妹多识万字，又读了唐诗，岂不两全其美。"

白牡丹早低头看起来。

尤归说："妹妹听了，这四句诗乃唐代大诗人王昌龄写的，诗曰：

> 娇娘思夫心多愁，
>
> 乱发披衣上秀楼。
>
> 忽见陌头杨柳色，
>
> 悔教夫婿觅封侯！"

尤归告诉了她的读法后说："这娇娘二字内容可丰富啦！一指丈夫最爱的女人，娇惯她，常常口呼娇妻；二指女人娇柔温顺，最合丈夫的意；三指女人很会撒娇，要行房事，上床了，她头一摇，嗲声嗲气说几声不嘛，其实早就解带宽衣抱着丈夫平躺下了。"

这番赤裸裸的淫词秽语，白牡丹并不反感，反觉身上热血涌动，性欲之火旺烧，但她努力克制着："请讲第二句。"

尤归眼一斜，见白牡丹血往上冲，脸色红润，很得意："第一句还没讲完呢。娇娘思念丈夫，也就是那美好的床笫之欢，她满腹忧愁怀念，一夜未眠；次日一早便乱发披衣走上高楼，渴望看见丈夫归来。谁知，这第三句话，她看到与丈夫分手又一个年头过去，杨柳又飘绿了，不由怨恨自己当年怎么会让丈夫参军出塞，即使讨得万户侯怎抵洞房花烛夜呀！"尤归自觉这番话句句打中白牡丹的神经，凝神看着女人眼神、表情，自觉今日之行很成功，但仍装着很庄重，不露分毫邪气。

白牡丹极力控制着自己，对吕纯阳那次拒绝她自荐枕席的态度十分反感，但仍冷静地读了几遍："谢谢道长热情指点！"

尤归得好便收："过两天来教你第二首。"便起身离去，他要放长线钓这条美人鱼。

隔了三天，尤归又如约来了，他掏出一纸递上："妹妹先读读。"

白牡丹读道：

> 郎去何太速，
>
> 郎来何太迟。
>
> 欲借一尊酒，
>
> 共叙十年悲。

尤归读道："一字不错，妹妹聪明，不久当成才女了。"

"道长谬赞了。"

"咳，还有郎不来，去而不来，真是可悲呀！"

白牡丹知道他的弦外之音，是指吕纯阳不来看她，她当然也有同感。从小父母哥嫂百般呵护，如今冷冷清清一个人孤独、孤寂，岂止十年悲哟！

吕纯阳驾云来到峨眉，远远看见白牡丹站立洞前悬崖边在等待着什么，忙化成一苍蝇，飞到洞前。刹那间尤归来到，高兴得有些异常："呀，牡丹妹妹，今儿给你带来当今女词人的一首词，美极了。"

"快请坐！"

"你自己读。"递上白纸。

白牡丹接过朗读起来：

> 花自飘零水自流，一种相思，两处闲愁。此情无计可消除，才下眉头，却上心头。

尤归解释："这是作者丈夫远去，妻子念夫而写的，明白如话，却又寓意极深。"

"好极了，我们女人也能写此好词，我颇感荣光。"

"你以后也学着写点诗词。"

"我，浅薄得很，难。"

"可以试试，什么事都始于足下。"

"谢谢你的鼓励。"

"你对吕纯阳可有这样的感情么，才下眉头，却上心头！"

"难说，曾经有过，如今久不见面，他，他……"白牡丹心中对吕纯阳渐显陌生感，而对尤归比过去亲近了。

"如果我俩久不见呢？"尤归今天要撕破最后这张纸了。

白牡丹沉吟了，有些羞态："当然会的。"

"可这一种相思，两处闲愁，是夫妻之情呀！"

白牡丹还残留着对吕纯阳的爱，她回道："不，朋友之情，也可有愁绪的。"她引开话题，"这女词人姓甚名谁？道长请赐告。"

"李清照，丈夫赵明诚，金石大家。"

"唔，我得向她学习。"

"好，告辞。"尤归下定决心，还得再进一步勾引，调情，"好，妹妹，告辞！"

白牡丹深情地送至悬崖边，看着尤归驾云飞去，犹久久挥手，恋恋不舍。

当她转过身来，一见吕纯阳，羞惭内疚，而又恋情涌动，迅步扑上去："你什么时候来的呀，想死我了哇！"

吕纯阳不愿讥刺她："才下眉头，却上心头了哇！"

"你也听说了，尤归拜通天教主为师，已得道成仙。他说你曾说过，要帮我学文化，因你求道路上很忙，故而愿意助我成材。"

"你把以前他送你的诗拿来我看。"

白牡丹从洞中取出诗稿，吕纯阳翻阅，突然连呼奇怪。白忙问，吕答道："这第一首王昌龄的名诗，他，他为何改了？"

"哪里改了？"

"这头两句，原句是闺中少妇不知愁，春日凝妆上绣楼。怎么改成娇娘思夫满腹愁，乱发披衣上高楼，完全是两个意思，呀，呀，呀。"

他继续往下翻看，又反复看了两遍，方说道："全是男女情爱，相思之作，原来如此，好歹毒也！"

白牡丹不解道："歹毒？"

吕纯阳："我提两个问题你想想，一是他为什么把王昌龄名诗改了，改成这么赤裸裸思夫？二是为什么篇篇皆为相思、恋情、思夫之作，唐诗里那么多壮怀激烈、忧国忧民、忠君爱国的诗都无有一首？这是为什么？为什么？你要三思，明是非呀！"

白牡丹淡然一笑："这值得你这么重视？"

"我知道你很乐意这样，可我要认真严肃地告诉你，这会引起你无端胡思乱想，严重影响你眼前的苦练，你现在苦练，可青春永驻，永列仙班，已到了关键时刻，决不能稍有疏忽。"

白牡丹见吕纯阳态度十分诚恳严肃，自己确实在男女情爱上近来想得多，苦练放松了，于是软了："你说怎么办呢？"

吕纯阳抚摩着白牡丹道："总之，你不能再听尤归用这些词儿来调戏你，你要避开他一个时候，待功德完满你们方可再见面。"

白牡丹见吕纯阳并不生硬切断他和尤归来往，便点了点头："好，你安排吧！"

"我去找师父太乙真人帮忙。"吕纯阳说着松开手起身飞去，一会飞来："师父十分同意帮你在他仙境找一洞穴，供你苦练，与一切人等暂不来往，只待功德完满。来，你且收拾一下，随我来。"

一切安排好，又鼓动了几句，抚爱了几下方含情脉脉地离去，吕纯阳深知尤归居心叵测，恶意昭然，此路必须断绝。

第三天又是尤归送诗日，吕纯阳悄然前往峨眉，随后观察，探其归路。听他连叫数声妹妹而无回音，进洞四处寻觅，不见人影，招来山神问讯，知其迁往太乙真人仙境，不敢前往，叹息数声，又哼声不绝，连呼你逃不过我的掌心呀，在这段时间里，怪我该出手时没出手呀！

尤归驾云远去，吕纯阳随后，见他在阳谷县一庄园前落地，五个美人儿一拥上前抱住他。

吕纯阳愤怒地骂了一句："畜生！"

吕纯阳回到汴京，众仙问："何处去？"

吕纯阳隐隐一笑："到了该去的地方。"

"我们该不该去？"李铁拐紧盯不放。

"你说，你想去哪儿呢？"吕纯阳用含糊不清的话回答着。

张果老解围了："向东去路有三条，一条由江南向东，从海路向北；一条还真是向东，直奔齐鲁大地，瞻仰一下孔庙孔林，然后，由海路向东北；一条经山西去燕京，然后出关。大家看，怎么定……"

韩湘子说："我这根玉笛是姑苏匠人名作，人人都说江南好。"

蓝采和抢口念道："日出江花红胜火，春来江水绿如蓝，能不忆江南。"

汉钟离一拍桌子："江南那儿水多土沃，百姓丰衣足食，去看看，看看苏杭天堂。"

何仙姑说："对，那儿贫富差别小，矛盾也少，我们可以不用动心思，逍遥游了……"

吕纯阳最后拍板："你这话太轻松，好人歹人到处都有，看看再说，明晨起程！"

八位仙人走在黄河大堤上，向东前行，忽闻后面马蹄声急驰而来，众仙忙避让，快马急驰至众人身边，忽然停住，驭马者从马背上跳下，向众仙躬身一礼。

众仙忙注目，原来是杨元吉。

"呀，元吉来此为何？"

"鄙人伤寒症已痊愈，经过调养身子已恢复健壮，日前得知辽国已被金人灭亡，且金人违背与大宋海上之盟的约定，分两路大兵向汴京进犯……"

"呀，战火尸烧到汴梁了咩！人民又要遭难了。"韩湘子动情地说。

"正是，大宋朝和平已久，从不治理军务，金人一路之上势如破竹，进展很快，叔父命我迅速前往宗泽将军大营效力，买了一匹汗血宝马赠我。"

张果老拍拍马背，前后看看："果然是一匹宝马呀！"

铁拐李催促："军情紧急，将军快上马。"

"谢谢诸位仙人搭救，治疗疾病之恩。"

吕纯阳一拍马背："我们一定会看见杨家战旗在战场飘扬，

捷报频传。"说完在杨元吉身上涂抹了几遍，"你会更强壮的，快请！"

杨元吉又是一躬，然后飞身上马而去。

蓝采和说："这金兵入侵，也是以强欺弱，属不义之举，我们要不要管？"

吕纯阳说："辞师之日，我曾问过师父，昊天大仙说，国家大事，暂且不管。"

张果老说："当年武则天称帝后，曾要我出仕，我拒不应允，对，非不问国事，是无管国事之责。"

吕纯阳："我们就从大运河乘船，先到东南大都会扬州看看！"

走了几天，见一河与黄河交叉，行人说："这是运河。"

这几天运河里有不少船只装上难民南下，黄河大堤上，也是扶老携幼的难民，众仙知道金兵正南下，忙雇了一只船南行，只见运河宽敞，白帆片片。

汉钟离说："当年，杨广开发运河，为的是一己私欲，要去扬州看琼花，但对后世交通还能派上用场，这是他始料不及的吧！"

吕纯阳说："别忘了吴王夫差开挖邗沟，也就是南运河之功。"

每天日行夜宿，时而还看见成群的鸭子在水中游弋，由一渔舟上的渔民挥竿指挥，有时又见野鸭鸣叫低飞，尽管堤岸、水上难民成行，但这不失为一美景，颇有乐趣。

　　行了几天，忽见河上堤岸有人设卡，强迫难民排队交钱过卡，有些难民哭起来："我们连饭都吃不上，哪有钱交过路费呀！"

　　"是呀，放我们一条活路吧！"有的难民竟跪下叩头。铁拐李大怒："发国难财，狗日的，我上岸。"

　　韩湘子一舞竹笛："我跟你去。"

　　铁、韩上岸，往设卡人面前一站，厉声道："尔等奉何人之命在此设卡收钞。"

　　歹人一舞棒："怎么，此路是我开，欲打此路过，丢下买路钱。"

　　铁拐李铁拐横扫过去，十数歹人大喊疼痛倒地，铁拐李大喊："大家快走，别怕，我们乃天上八仙下凡。"

　　难民顿时欢呼下跪："后有杨家将军挡住追兵，前有八仙打通走道，谢谢玉皇大帝呀！"

　　河上汉钟离一扇将十数名设卡歹人尽行扇落急流，他们个个喊救命。

　　难民正高声喝彩，北边来一仪仗队，簇拥着一人在快马奔驰下沿着堤岸奔向南方，突然胡笳声起，金兵追来，仪仗队大乱，各自逃命。

　　吕纯阳急呼："此人必是皇室宗亲，快，阻挡追兵。"

　　韩湘子早吹起玉笛，玉笛传出金人民歌，众金兵忙止步，有的还舞了起来。汉钟离手一挥扇，顷刻形成一股龙卷风，有的金兵被卷入高空，有的落入水中，连续几扇，金兵后退三四十里。

吕纯阳赶至那人面前："请问阁下是宋室宗亲吗？"

"我乃大宋康王赵构，请仙人救我。"

"我们把你送至江南，过了江你自己努力寻路。"

"呀，谢谢大仙了。"

张果老早拉来毛驴："请上驴。"

"这——"康王有些犹豫。

"上了驴就知道了，上。"

赵构无奈上了毛驴，毛驴健步如飞而去，脚下沙尘翻腾。等到张果老返回，不高兴地斥责说："这个赵构胆小，自私，到了江南，一下毛驴连谢谢两个字都没有，只顾逃命，哼，这人当了皇帝准误国。"

又过了几日，方到了扬州古城，尽管难民众多，但繁华都市的盛景犹在，虽非琼花开放季节，但每个道口都有美丽琼花的画像以招徕游客。

玩了几天，大家急着要去江南，这天清晨由瓜洲渡口，雇船南下，只见江宽，波涛滚滚，冲击着小舟哗哗震响。吕纯阳站立船头，远眺俯视，想起一句不知谁写的古诗：大江东去浪淘尽，千古风流人物！又想起四个字：大浪淘沙，不觉感慨系之。又想起李后主的一江春水向东流，不禁诗情涌动，却又无句可出，不由叹了口气，恨自己文化太低了，不由又想起白牡丹，她若在此，定然陶醉于江天一色之美呀！

到了南岸，登了岸，这儿叫润州，有人说："走走吧，别坐船了，坐久了别扭。"

"对，在岸上走走，多看点江南美景。"

也有人主张继续坐船，经大家商量，决定先步行。

在润州玩完了金、焦、北固三座山，便往南走，开始小山坡多，属丘陵地带，再往前方始逐渐平坦，小桥流水人家，粉墙青砖黛瓦，江南特色渐浓，且土地肥沃，沟渠交横，鸡鸣犬吠，炊烟袅袅。众仙走着，韩湘子还不时吹起玉笛，走得挺舒服！

这日终于看见前面有座大城市，一问竟是临安。突然，城内冲起一股白色冤气，吕纯阳急说："我去看来。"

众仙飞至冤气旁，往下一看，原来是一座监狱，一个中年女子十分憔悴衰弱，在铁栅内寻找着什么，口中喊道："明诚，明诚——"

吕纯阳掐指一算："呀，此女乃大词人李清照，被奸人骗而再婚，婚后被打，丈夫传下的金石古玩十有八九被此贼变卖，婚后不到一个月李清照把他告上县衙，这大宋法律不讲理，女子告男人胜诉了也要坐牢两年。"

张果老："我去找赵构，看在毛驴驮他过江份上，救了这女子。"

只见李清照背着手在牢中吟哦起来。

众仙忙隐身牢房外，吕纯阳急摇手："听！"一招手取来一支笔。

只听李清照吟道：

声声慢

吕纯阳忙记下。

韩湘子忙给他磨墨。

李清照继续吟道：

> 寻寻觅觅，
>
> 冷冷清清、
>
> 凄凄惨惨戚戚，
>
> 乍暖还寒时候，
>
> 最难将息。
>
> 三杯两盏淡酒，
>
> 怎敌他，晚来风急！
>
> 雁过也，正伤心，
>
> 却是旧时相识。
>
>
> 满地黄花堆积，
>
> 憔悴损，
>
> 如今有谁堪摘？
>
> 守着窗儿，
>
> 独自怎生得黑！
>
> 梧桐更兼细雨，
>
> 到黄昏，点点滴滴。
>
> 这次第，
>
> 怎一个愁字了得！

众仙皆赞叹有加，十分欣赏。

张果老："我去找赵构，放诗人出去。"

众仙赞成，张果老正欲走出，忽见一婢女走进，兴奋道："夫人，夫人，回去吧！"

"才九天呀！"

"有人帮忙疏通了。"

"不是秦桧之妻，我的表妹吧？"

"不是，夫人，没去找这没良心的婆娘，不会找她的，回家吧夫人。"

众仙目送李清照主婢走出牢房，方隐身而退。

入夜，吕纯阳驾云至峨眉太乙真人仙境内，找到白牡丹，激动地："牡丹，牡丹，我给你一首好词。"

"谁的？"

"李清照写的。"忙递上纸束。

白牡丹接过："呀，呀，她，她，一个女子这么有才华。"

"这第一句写的是她在狱中的心情吧？"

"神啦，就像我在这儿苦苦修行一样。"

吕纯阳有些不悦："她是身在牢狱，你是在修炼成仙呀！"

白牡丹自觉出语不妥："说着玩的。"

吕纯阳顿时流露出同情，体贴："女词人和她的丈夫逃难路上购得一商代玉壶，刚到手，她丈夫即被委为湖州太守，他炎夏赶路中暑，又遭歹人造谣，说他把玉壶送给金兀术，求他不领兵去湖州，他一气而亡，遗言：为其雪冤。李清照欲去朝廷献出全部金石，请求查清冤情，这时来了一自称丈夫的结拜兄弟，愿帮忙同行，李觉不便，拒之。"

"她该以大局为重。"

"你听着。"吕纯阳听了这话有些不顺耳，"谁知此人暗中随行，一路之上想尽一切办法骗取李的信任，比如他暗自命歹人抢劫，他却出面斗败歹徒救出珍宝；又如，他黑夜纵火，又火中救出李清照，想尽法儿取得李清照信任，李清照为了有人为丈夫鸣冤，答应下嫁。谁知此人一进门便常常对李施暴、虐待，尽取留下的金石古玩出卖，李勇敢地走上公堂休夫，宋朝有条狗屁不通的法律，女人胜诉也要坐牢两年。"

"这什么法律，不公平。"

"所以她先是在狱中呼喊丈夫，她高声虔诚自责：清照敢不省过自惭，扪心识愧？责全责智，已难逃万世之讥，败德败名，何以见中朝之士？"

"呀，多么可敬的词人呀！"

"其实，她的错不在再婚，而在识人，识人不易呀。识人要由表及里，由皮及骨，她只知他黑夜斗贼，火中救人，对此人来自何方，平时德行如何，一张白纸，为他表面现象所欺骗了。"吕纯阳暗指的是对尤归的认识，提醒牡丹不要为歹人所骗所误。

白牡丹想起了尤归，是呀，他有许多事自己还不明白，只表面见他虔诚帮自己学文化而感动。不，要接受女词人的教训，于是颇为恳切地说："是呀，世上万事万物识人最难呀！"

听了这话，吕纯阳很高兴，觉得牡丹这女子老实，实在，并不虚妄，心中高兴："牡丹，你修行快成正果啦，再加把劲！"紧紧抱了抱她，亲吻了几下。

牡丹娇柔道："一定，等着我。"

纯阳："哎，再见，祝你成功！"

纯阳飞回临安，入睡。

次日去西湖游玩，远远见雷峰塔高耸，当地人讲，白娘娘被镇在里面。

纯阳一听，忽然想起当年救助一孕妇盗灵芝救夫的事，再一掐指，知道了事件的来龙去脉，恼恨起法海违背常情，拆散人家美满婚姻，破坏一家人的幸福！

正想着，只见旗幡招展，锣声阵阵，人们高呼："呀，白娘娘儿子中状元啦，今儿祭母，敬母，最好能救母，白娘娘善良呀，是好人呀。"

众仙一边看着西湖美景，一边随众人来至雷峰塔边，一位青年男子身穿大红袍，点燃香烛，叩拜下去，口呼："妈妈，妈妈。"不由放声大哭起来。

众仙动容了："俺们助他母子相会。"

纯阳一挥手："行。"

只见塔门大开，塔中走出白素贞，只见她满脸飘泪，拥抱住儿子悲啼着，断断续续地说："儿呀，你快去拜祭尔父的坟茔。"

"儿已去过。"

"也不知你青儿阿姨去哪儿了？"

"儿正差人打听，找她，定迎来像母亲一样赡养她。"

"呀，法海来了，娘要进塔了。"

"不，他也太管闲事了。"

这时空中陡然阴云密布，雷声隐隐，吕纯阳飞上云端，见法海正由北方而来。

纯阳上前一揖："禅师请了。"

"先生是？"

"我乃八洞神仙吕纯阳。"

"呀，上仙有何事。"

"请问禅师是否来阻白蛇母子相会的？"

"正是。"

"母子相会乃人之常情，禅师亦有母亲，叙母子之情，合乎佛理吧！"

"她乃妖怪害人。"

"请问她害死谁了。"

"许仙。"

"禅师可知她身怀六甲，去峨眉盗仙草救夫，几乎丧命，是我解劝，方得仙草救活许仙，此乃我亲身经历，禅师怎说她害许仙，而不知她救许仙，是何道理？"

"这——"

"百姓皆说她开药店救济患者，平时善良、同情弱者，禅师应该助，不该阻，何况现在母子相会，禅师阻止，于理不合，于情有悖，若阻止，必遭百姓唾骂，佛家以慈悲为本，得饶人处且饶人吧，阿弥陀佛。"

法海语塞，哼了一声，驾云而去，天空重又晴空万里。

状元喜接母亲回家。

众仙十分高兴，觉得主持了公道，弘扬了正气，让人家母子团聚，善莫大焉！

过几天就是钱塘潮了，众仙心中急迫，欲观究竟。

这日天没亮，众仙就来到钱塘江边，等待潮水到来，到辰时将至，果然潮水呈一字形往上游冲来，来势汹汹，浪高近两丈，气势十分雄伟，有几个靠得近的人竟被大浪裹卷而去，铁拐李虽将几人救起，但见都已半死，昏睡不醒。

众仙尽兴而返，便在附近找一客栈住下，等着看退潮景色。睡到午夜，忽然钱塘上空有人高声地："呜呼，天——啦，复国无望，迎接二圣无期，空悲切，哟！羞惭啊，歉疚啊，自恨啊——"

吕纯阳："呀，岳元帅被害死！"

众仙大惊。

吕纯阳掐指一算："呀，世上竟有如此大仁大义之人，走！"

大理寺前，吕问门官："请问，我们想见隗顺兄弟。"

门官高喊："隗顺，有人找。"

隗顺疾步走出："谁？"

吕上前一礼："请出来讲话。"

吕步行几步，看四下无人："你凿洞盗尸，埋藏岳元帅忠骨……"

隗顺脸色苍白："此事无人知晓，诸位怎知？"

"我等掐指会算，特来向你叩谢壮行。"说着单膝下跪！

隗顺扑地跪倒："诸位能算，定是仙人下凡，受隗顺一拜。"

"但不知忠骨埋何处？"

"今日晚间，我去断桥等诸位，拜祭忠骨。"

晚，隗顺领众仙寻觅埋尸处："此处便是。"

众仙掏出买好的白烛、纸钱点燃，焚烧，跪叩。坟中突然有声，吕纯阳忙站起，跃上云端，高声叫唤："全城百姓听了，精忠报国的岳元帅被秦桧害死了，他的冤魂正欲吟诵《满江红》，表明自己雪国耻、抗金兵、迎二圣的忠心，为自己鸣冤哩。"

汉钟离用扇子将声音扇大扇强，全城震响。

这时，坟上伸起一股冤气，只听一个洪亮的声音高吟：

怒发冲冠，凭栏处，

潇潇雨歇。

抬望眼，仰天长啸，壮怀激烈。

三十功名尘与土，

八千里路云和月。

莫等闲，白了少年头，空悲切。

靖康耻，犹未雪；

臣子恨，何时灭！

驾长车，踏破贺兰山缺，

壮志饥餐胡虏肉，

笑谈渴饮匈奴血。

待从头，收拾旧山河，

朝天阙。

岳飞突然大哭起来，声振长空，惨呼："叹美梦成空——冤枉呀，连我年轻的女婿、儿子也杀，他们何罪呀！"

众仙激愤不已，纯阳一甩笔，怒火燃烧："此事得管，我们去问问地藏王，仙姑，你去一下峨眉，把《满江红》送给牡丹。"

众仙来到一座高山，一座高大辉煌的寺庙里正香火缭绕，木鱼声声，一进庙只见一僧人上前一揖："诸位仙人，地藏王命贫僧在此恭迎。"

"谢谢！"

"请，先看看秦桧服罪否。"

"呀，他已在此服罪。"

众人随僧人来到地牢，只见一杆大秤，秤钩钩住一人后背，高高吊起。

僧人说："此人乃阳间丞相秦桧，灵魂儿在此被钩，阴间他背脊已生恶疮，疼痛无比。"

众仙连声称好，忽然秦桧高呼冤枉！

僧人说："你以莫须有罪名害死岳元帅父子二人，想翻供，休想！"

秦桧：“小人不想翻供，只是我非元凶。”

“元凶是谁？”

“天啊！”他摇摇头。

僧人一伸手，“诸位仙人去见地藏王。”

众仙来到一殿堂，见过地藏王，地藏王请诸仙坐下，吩咐说：“你去把秦桧魂儿带来。”

一会儿，秦桧跪伏在地：“冤枉，菩萨。”

“尔何冤之有。”

“菩萨想想，无人授意，我怎能治岳元帅之罪？无人亲批，我怎敢杀害三人？”

“这个人比你大？”

“谁也治不了他呀？”

“为什么？”

“菩萨心知肚明。”

地藏王一拍醒堂木：“带赵构魂魄。”

一会，赵构大摇大摆走来：“谁这么大胆拘禁当今皇上，天上地下还没这个律条。”

“大胆，地藏王府即有此律条，魂魄没有高低贫富之别，只有善恶、罪孽轻重之分。岳飞无罪，你为何要杀岳元帅？说。”

“这，我和他相处很好呀，是秦丞相撺弄的。”

秦桧：“官家，是你授意，字据还在呀！你说，金人若灭，迎回二圣，找这皇位还怎么坐呀！”

“混账，一派胡言。是你被金人放回时金兀术当面交代你，要除去岳飞呀！"

地藏王又问："你把岳元帅免职闲居，也就是了，为何一定要下此毒手。"

张果老走上："你还认识我么？"

"你？"赵构摇摇头。

"忘恩负义的东西，金兵追赶，我用毛驴驮你过江，你一下毛驴就只顾南逃，连谢谢都没一句，还造谣说什么泥马渡康王，制造天保佑你坐皇位的谎话。"

"呀呀呀，如今谢谢大仙了。"

地藏王复又厉声问道："有人说你怕岳飞拥兵自重，篡权……"

"这，这——"

"因为你祖先就是拥兵自重，发动陈桥兵变，龙袍加体，把恩人的孤儿寡母赶出宫外的，所以你担心岳元帅会篡位，是不是？"

"这，这，这——"

"为何不对韩世忠、张俊、刘光世下手，说！"

"无有此事呀。"

"哼，我已命人查清，你敢抗拒，去，判官带他去十殿阎王殿走走，看看罪犯如何受酷刑的。"

判官走上前："走——"带赵构下。

地藏王对众仙人说："抗金将军有四位，为什么他选岳元帅下手呢？"

吕纯阳说："菩萨，听我先说几句吧，为了弄清这个问题，我昨夜便悄悄去了内廷档案处，把这四人的资料全看了一遍。"

铁拐李笑了："这事儿你也不告诉我们一下，我看见你外出，还以为你到青楼妓院去了哩。"

众人笑道："听他说下去。"

吕纯阳继续说："原来，叫刘光世的这人资格最老也最窝囊，他与金人有杀父之仇，在战场上却畏敌如虎，一触即溃，有名的逃跑将军。第二位张俊，一开仗就躲得远远的，事后又吹牛撒谎，贪他人之功为自功，在官场上很会投机钻营，在宋金议和中，他一直揣摩着官家也即皇帝的思路走，且贪婪好财，家中的银两多得堆满仓库，唯恐小偷光顾，把白银铸成一千两一个的大银球，即使小偷见了，也只能'没奈何'，所以这些银球就叫'没奈何'。百姓们有打油诗说：'张家寨里没来由，使他花腿抬石头。二圣犹自救不及，行在盖起太平楼！'"

汉钟离问道："连这打油诗，档案里也有？"

"有，有官员告发他。"

地藏王微微一笑："仙人说得对，所谓花腿即花腿军，张军驻军临安，怕兵逃跑，在每个士兵腿上刺上花纹。"

纯阳说："这样的将军一味贪图享受，官家可以放心，不必猜忌。第三位韩世忠，少时横行乡里，人称韩泼皮五，长大后投军很会打仗，他是个粗人，没有什么弯弯绕，但此人好色，家中有妻妾多人，常逼部将之妻与其通奸，一次竟逼得部将呼延通自杀。这三个人官家皆不担心，因有把柄在手，唯一惧怕的是岳飞。"

众人凝神了："说下去。"

"岳元帅打了多次胜仗，让金兀术害怕，说出撼泰山易撼岳家军难，连夫人买件新衣都逼其退回，把钱贴补军用。他为风雨飘摇的南宋王朝抹上一道阳刚之气。"

地藏王长叹一声："坏就坏在这里，南逃之初，赵构只恨武将不败金兵，过了几年，脚跟渐渐站稳，用兵他眼睁眼闭，有些厌烦；现在和议已成，金兵力弱不能过江，他求偏安、享乐，拒谈用兵了。可岳元帅却秉承母训，精忠报国，执意复国，迎还二帝，这就犯了他大忌，矛盾愈来愈尖锐，终于遭此杀身之祸！岳飞若遇上一位励精图治，力求复国的皇帝，必将建立不朽功勋，惜哉。"

这时，判官引赵构、秦桧进来，只见二人颤抖着，脸色苍白，向地藏王下跪。赵构："赵构服罪，但愿不受此酷刑。"

"哼，对恶人还有上刀山，下油锅，爬炮烙，滚钉板等更酷的刑罪，因你尚知为百姓增产增收，有些成绩，故宽你些时日，你要多做善事，将功折罪才是。"

"是，是，是。"

"去吧！"

吕纯阳严峻的口气说："慢，我们八仙想为岳元帅殡葬，造祠以祭。"

"行，我、我支持。"赵构说完与秦桧由判官放回。

地藏王："我也支持建岳坟、岳庙。"

八仙："我们是伸张正义呀！"

八仙回到临安，一商量，便由吕纯阳向临安百姓宣告。他在空中讲，汉钟离用宝扇将喊声扇落四方。只听吕纯阳说道："诸位临安乡亲们，我们是八仙下凡，来为岳元帅申冤——"

街头渐渐拥满了人。

纯阳继续说："我们要为他父子三人遗体殡葬，为他砌一座庙宇，以供后人祭祀，这需要大家捐助，明日在城中心，我们将为此事化缘；后日，在城中心瞻仰他的遗容，亲见背上雕刻的精忠报国四字；第三日为他送葬，入土为安，请乡亲们支持。现在各自回家安歇吧！"

第二天上午，城中心已人满为患，人人举手吵喊着要捐助，一人说："这三口棺木我们捐了。"

吕纯阳："你贵姓，这是要刻在碑上，供后人致谢的。"

那人报了名，蓝采和记下。

有人说："这三尊遗容我负责塑像。"

有人喝彩："雕塑能人也出动了呀！"

有人说："岳庙的瓦我全包了。"

又有人说："砖头我包了。"

稍一沉静，一人高呼："所需木料，杨老大全包了。"迎来一阵喊好声。

这时，有十人举手，一个带头的："岳庙建庙工程我们全包啦！"

次日，八仙在隗顺率领下，将岳飞等三人遗体运至城中心，岳飞坐着，背后衣服掀起，只见"精忠报国"四字金光四射。

全城老少人等全来啦，按八仙指点，顺序瞻仰。从早至晚，人们仍恋恋不舍他们的岳元帅，不舍他们心中的复国愿望。

到了第三天，全城似下了一场大雪，一片白幡招展，白衣摆动，万人空巷，跪祭岳氏三灵。送葬队伍由东向西，进入西湖，过了断桥，在湖西北一块空地上安葬。众仙为之填土、筑坟、竖碑、植树、焚香点烛、烧化纸钱，然后躬身下拜。众多百姓也下拜哭祭。

众仙走西大门，忽见五六位僧人迎面而来，一僧人说："诸位仙人，贫僧愿为岳庙修行，洒扫庭院，焚香礼拜，以表佛家对岳元帅精忠报国之崇敬！"

"呀，好，好，诸位的行动使我等感动。"

众人走到已初具规模的庙堂，刚进门，忽见四个铁像跪在大院内，并注明四人姓名，分别是秦桧、王氏等四人，人们都不知道是谁放置于此的。

吕纯阳说："暂且收起，以免秦桧搜捕杀伐，待他死后再让他跪拜于岳元帅面前。"

僧人说："此言甚是，诸位师兄弟来，一人一像，搬入里间收藏。"

众僧搬起铁像进入内室。

消息传至内庭和秦桧耳中，皆十分恼怒，但一想地狱惨象，只能忍着。

众仙步入大殿，忽见一位雕塑能手正在仔细琢磨得失。众仙一看塑像十分传神，岳飞居中，张宪、岳云二人站背后。众仙施礼祭奠，并向雕塑能手施礼感谢。

塑者回礼："敝人还想将岳元帅爱将牛皋、王贵、汤怀、陆文龙、高宠等人塑于两旁。"

众仙忙说："那就十全十美了，谢谢阁下了。"于是辞别而去。

走了一段路，吕纯阳停步沉思。众仙忙问何故，吕回说："隗顺虽职位卑微，但冒死盗尸夜葬岳元帅，真是大智大勇、人品高尚，我心中敬重他，想填几句词歌颂他！但很少填词，不知如何下手。"

众仙说："太乙真人讲过、教过，大家凑一首，以赞颂这位小人物。"

于是，众人凑成一首词。

八声甘州

颂隗顺

岳元帅子婿同被害，

刑讯隗顺在。

当堂曾反诘，

审官战栗，

差役失态。

铸金四字化成，

秦贼鸩毒液。

悲千古奇冤，

众奸跪拜。

面对良心道德，

无贵贱高低，

隗顺光彩。

悲元帅暴尸，

冒死忠骨埋。

风雨夜，

艰难十里路，

刨土血染骸。

德昭昭，

小差役，

名传千载！

大张旗鼓，完成了北方天波府杨老令公公祭，南方岳元帅冤死殡葬，众仙一致认为这确实是伸张正义之举，十分兴奋。次日，一早沿着钱塘江大堤，向东走去，他们想看看大海。

正走着，忽见江中冒出一人向他们急走而来，来至近处，此人深深一躬："诸位仙人请了。"

众仙举目一看，只见他面目憔悴，十分疲乏，忙还礼。

吕纯阳突然高呼："阁下是东海龙王敖广么？"

敖广："啊，正是小王。"

"何事前来？"

"特来请求救助的。"

"请说。"

"不久前，东海一个小小礁石上，来了一位修道女子，已成精，颇有法力，每天下海练武功，海洋顿时风浪滔天，小王龙宫摇晃，犬子三儿率虾兵蟹将与之理论，口角一番打斗起来，谁知累战累败，女妖更加猖狂，小王日夕不得安宁。听说诸位仙人在临安为岳元帅鸣冤，特来求救。"

"阁下别急，且歇片刻。"

"我已命巨龟送八位去寻无名礁石。"

"好，好。"吕纯阳看了看其他仙人，"怎么样，那就走吧！"

一声"走吧"，只见岸边一位巨人跳入江中，立即呈龟形漂于水面，八仙走上，神龟立即向东漂去。

韩湘子大笑："这可是逍遥游呀！"

渐渐到了钱塘江入海口。

吕纯阳说："下一步还是八仙过海各显神通吧，请龟神引路就行了。"

汉钟离："对，各显神通吧！"把手中巨扇往水中一放，人立其上。

众仙也不怠慢，蓝采和放入花篮，韩湘子放入玉笛，张果老放下渔鼓，曹国舅夺过张果老的竹板往水上一放，往上一站，何仙姑手中化桌放住水上，铁拐李把拐杖放入水中，拐杖虽为铁制，并不下沉，吕纯阳则将长剑放置水面，身子往上一站。八仙你看着我，我看着你，哈哈大笑起来。

何仙姑："这才叫逍遥游呢！走哇！"

众人在巨龟引导下，向海洋远处疾行，行不久，只见一个不大的海礁耸立海上，礁石上有平地，搭有木制瓦屋两间，一女子正坐着苦修，待八人临近，女子忽然手执双斧，跳跃前来，阻止八仙登岸。

何仙姑上前施礼："姐姐，我们乃迷路之人，特来请求指点。"

"你们是何人？"

吕纯阳说："我们乃峨眉山八仙是也。"

"呀，是八仙。"

吕纯阳："我们问路后就走，不会在此逗留，妨碍小姐修炼！"

"蛮懂事的嘛！"

何仙姑："所以才成仙。"

"怎么，成仙要懂礼？不懂礼不能成仙？"

何仙姑故意看了看："正是，姐姐离成仙还有一段苦修时间。"

"是呀，如此请山上小坐。"看着八仙漂洋过海的宝贝，女子十分惊骇，忙让至礁石平地上坐下。

吕纯阳："小姐怎不找一处避风的地方，海风狂，雨势猛，会影响您修行的。"

"大哥说的是，去哪儿呢？"

"我们都是身处山洞修道。呀,你身下水中就是龙宫,何不借一小屋居住,这样可以安全苦修的。"

女妖恨声不断:"我曾去过,他们仗势欺人,那龙王三太子还率众赶我,打我,哼,却被打得大败而逃。为了泄恨,从此,我每天在海上习武,兴风作浪,搅得他们不得安宁。"

何仙姑:"所以你现在还没入仙人行列。"

"何以?"

"龙王太子跟你斗,龙王并不知情,你这一搅,必然害得龙王不得安宁,睡不着觉,严重一点会生病,还有龙宫众多官员,奴仆,他们也是无辜者,反受其害,这就无礼了。"

"呀,无礼?唔,果然缺礼了。怎么办?"

纯阳说:"我和龙王有一面之交,我去找他,能否让一间屋给小姐,你在龙宫中苦修,龙王这人心胸宽阔,一听此事,必然责怪儿子无礼,同意请你过去。若龙王邀请,小姐去不去龙宫?"

精灵犹豫起来。

铁拐李用铁拐掷打她的双斧,冒出火花:"小妹妹,苦练道行为重,这是大局,你就同意了吧!"

韩湘子揶揄道:"说不定,你和龙王太子不打不相识,成了龙王媳妇哩。"

精灵脸"刷"地红了,点了点头:"我会向龙王道歉的。"

"对呀,礼多人不怪,你待人好,人也会待你好。"

吕纯阳留诸位在山头观赏海洋景象,自己跳入海中,来到龙宫言说。龙王大悦:"行,一间小屋,这有何难,不过,她若任性闹起来，可糟了。"

"敖兄别愁，我在她小屋周围画一圈，不到成仙之时她出不来。"

"好，行，你真是化干戈为玉帛，我还以为你们会和她打斗一番。"

"你想，我们八仙中，有七个男子，和她打斗，实为恃强凌弱，欺侮一个弱小女子，虽胜却输理，不可不可，还是以和为上的好。"

"仙人说的是，我命人收拾小屋，烦请仙人引她前来。"

"不过，你还得跟公子说说，是他主动赶她，斗她，这才惹她故意兴风作浪，搅得你不得安宁，让公子以礼待之。"

龙王和三儿子说，三龙子直点头，龙王高兴地"好，好，请——"

这女精灵原是一条巨型海豚，虽有些不安，但还是来到龙宫，龙王引她到一卧室，里面生活必需品应有尽有，她十分高兴，向龙王施礼："前些时，是我扰了龙王生活，小女子这厢赔礼了。"

龙王喜悦道："都是我那三小子不好，得罪了小姐；三儿，还不来赔礼。"

三太子迟疑道："都是我不好，恃强欺侮人，小姐不怪。"

精灵忙赔礼。

众人大喜："真是不打不相识，从此成朋友了哇！"

当晚，龙宫灯火辉煌，龙王办了一桌丰盛酒宴，感谢八仙，欢迎精灵。

临别，吕纯阳又嘱咐精灵："小姐万事以礼当先，即使碰到不如意之事，也以忍让宽容为主，以苦练为重，你成了仙，我在上界迎你。"

海豚精施礼："一定听从大仙的话。"

众仙告别龙王，巨龟把八仙送过海。

神龟划水急行，渐渐看见陆地，只见近海处芦苇高耸，中有曲折小道，小道渐渐看清，是前面有一条江。

海龟说："这是黄浦江，这个陆地是个小小渔村，叫沪渎。"

"沪渎？什么意思？"忙一躬，向身边一老丈请教："老人家，这沪渎何意？"

"沪，渔具也，渎者，水道也！"

"谢谢老伯指点。"吕纯阳站起身，把沪渎的含义告诉大家。

又逆水行了一程，八仙登岸，沿江步行。

吕纯阳突然跃身云端，东看看，西望望，然后落下："你们看见这块地时有金光跳跃？"

众人回话："看见了。"

"适才，我登高一看，只见这儿西有大运河，南通钱塘江，北通长江、黄河。长江贯通东西，中有这条黄浦江，东有大海，是块宝地。不久，将高楼林立，成东南商业中心，超过扬州呀！"

张果老笑着点头："你这美好预见，会实现的。"

汉钟离也说："那时，我们再来看看，热闹热闹。"

韩湘子："旭日东升，一夜未眠，前面有一小茶馆，走，去品茶闲聊，歇歇脚吧！"

众人齐声说好。于是走进茶室，只见茶馆周围沟汊纵横，不少小舟停泊，茶室内坐满了饮茶的。八仙走近，小二上前招呼，在一桌前坐下，放好茶杯，送上好茶，挺麻利、热情。

吕纯阳问："这么早就坐满茶客？"

"江南有一习俗，喜欢品早茶，农民四点钟就划着小船，点着灯笼来品茶，说笑，然后在集上卖出粮油、蔬菜，买回日常用品，划船回家。"

众人夸说："好风俗。"

吕纯阳又问："这儿还有集市。"

"你看西边，已经人头攒动了，今儿逢集。"

众人"噢"了一声，品起茶来，只听周围茶客们正热闹闲话着，一个长着山羊胡的老汉："村上王寡妇和你们村的水根好上了。"

"相好得好，一个寡妇日子难过呀！"

这时，又有人说："咳，我们村上一只小猪抢着要过河，不幸淹死了，有座桥就好了。"

"这兵荒马乱的，谁来捐钱造桥呀，咳。"

众人齐声叹息。

八仙举目一看，只见一条主河较宽，渡船十分拥挤，亟须一桥以通。

吕纯阳提议："我们化缘，为这儿造一座桥。"

众人齐声："行。"

吕纯阳喊来小二加水并问："这儿有大户财主吗？"

"有，有，皮大户，钱顶破天，可抠得勿得了。最近独生儿子病了，正急着寻医治疗，地方上的公益事件从不过问。"

吕纯阳不由喜洋洋地大喊一声："好——"

小二莫名其妙道："好，好点啥？"

众仙以笑作答，举起了茶杯。

吕纯阳喊了韩湘子、张果老走出。韩湘子手执上写"专治疑难杂症"的八卦白布帘，跟着手执渔鼓的张果老，扮着郎中的吕纯阳在前引路。

来到皮大户门前，张果老慢下来，一手打渔鼓，一手敲竹简，放声唱道：

> 老郎中，
>
> 到江东，
>
> 疑难杂症能治好，
>
> 到处称雄。

皮大夫院内。

一仆人奔进："老爷，门前走来一位郎中，你听——"

皮大户："快，请，请，请。"

仆人请进三人，皮大户迎上："呀，诸位大夫，请为小儿治病。"

"行，人在何方。"

"随我来。"

来到儿子卧室。

吕纯阳上前把脉，向韩一使眼色。

韩湘子一吹笛，笛声起，病人陡然一笑，眼微睁，伸出舌头。

皮大户一惊："犬子怎么主动睁眼，伸舌！"

"请勿讲话，呀，呀，公子病得不轻呀！"

"先生能治？"

"能，但要应我一个条件。"

"请说。"

"用百姓公众的精气神汇聚成气，是为药引，下在我开的处方中，三日后公子可病愈。"

"谢谢，谢谢，真是神仙呀。"

"可这药引？"

"呀，这可难了。"

"不难，你做一件惠及百姓的善事，众人必颂你之恩，之德，药引可成。"

"倾家荡产，只要儿子病好。先生说什么善事呢？"

吕纯阳故意闭目沉思："唔，唔，我等适才经过前面一条河，多人过河等待渡船，渡船只有一条，过河艰难，百姓们说，谁能造桥，我向他叩三个响头。你为众人造桥，众人必夸之，如何？"

"钱花得太多，不，不行。"

"随便你做主，要儿子还是要钱？你定吧，走！"纯阳起立和二仙动身。

皮大户看看病重的儿子，犹豫不定中做了决定："桥，我造啦！"

"好，你先出布告，让百姓尽知其事，随后即聘工匠开工。众人必颂德，我等收纳精气神，汇制成药引，要快，慢了公子之病——唉，老朽就难治了。"

"行，行，行！"

当天贴出布告，聘请修桥工匠，二日后就开了工，众百姓聚在河边，人人夸赞皮大户之恩、之德、之善。三人站立空中，挥舞白幡布，示意在收敛精气神。

仆人："老爷，他们怎么能站在空中不跌下来，他们是神仙吧？"

"我好像遇到仙人了。"

这时，只见三人走来："快，笔墨伺候！"

吕纯阳开了处方，命仆人快快抓药，药到，吕把一粒黑色丸子放置在有水的药罐中："快，煨！"

在这煨药的时间，皮大户问道："郎中何来？"

"峨眉山而来？"

"是修道之人？"

"我等乃八洞神仙。"

"怎才三位？"

"还有五位在小镇上休息。"

"呀，原来八位仙人来了，小子有救了。"皮大户跪叩在地，"这桥就叫八仙桥吧！"

"好，请一高人书写桥名。"

"就请仙人书写吧！"

"好，就献丑了。这桥要讲质量，牢实，一松垮，公子必病，此桥牢而实，公子身体会健而康。"

"是，是，是。"

众仙雇船沿黄浦江而上，两日后抵姑苏城郊，吕纯阳站立船头，正眺望沃野无垠，忽见田野有一女子塑像，忙跃身上岸，只见士农工商四五人立于塑像前。

士子："西施呀西施，你人美可却是干下这美人计的内奸，可耻！"

农民："你吹枕边风，进谗言，把个强大吴国灭亡了，罪大恶极呀！"

工匠："唉，让吴国臣民遭越人欺压杀戮，惨啦！"

商人："唉，年纪轻轻就卷入政治旋涡，可怜，也可恨。"

一农民："吴国人宽厚容忍，还让你的遗容屹立在此，你要细思细想，你对不起三吴百姓呀！"

几人走来，只见塑像头顶白色冤气上冲云霄，眼泪飘洒如雨。

众仙激动起来："她有冤呀有泪，帮她申冤。"

铁拐李已老泪纵横，走上前为西施拭泪："孩子，别哭，铁拐李为你申冤。"

曹国舅拭了拭泪："我也去，咳，凡强拉硬拽的美人进美人计，美人都死得惨！"

何仙姑问道："还有谁？"

"三国时吴国郡主孙尚香啊。"

众人齐声："对，对，她怎么死的？"

"孙权把亲妹妹幽禁东吴，不让她去蜀国夫妻团聚，等刘备率大军伐吴才放她回去，可临到见面，刘备已死白帝城，孙尚香江边设祭坛，哭祭夫君，投江而死。"

"把自己的骨肉亲妹害死了哇。"

"这勾践害的是一个农村少女呀。她爱夫，助夫，生儿育女乃是女儿的本分，怎说是内奸？"曹国舅愤愤不平道。

汉钟离叹了口气："可这件冤案太久了，只可请夫差亲自为西施说句公道话才有效，别人说谁相信。咋办？"

众人纷纷议论，吕纯阳插嘴说："我去找昊天仙师……"

众人异口同声："对，师兄，你这就去吧。"

吕纯阳走至西施像前："姑娘，你且稍待些时日，八仙为你鸣冤去了。哎……"他开口吟道：

> 复国大业男儿事，
>
> 怎可依赖女红妆。
>
> 卧薪尝胆千古赞，
>
> 死后愧对浣纱娘！

众人鼓掌："说得好。快去找仙师。"

"诸位在姑苏城玩玩，据说城中有一玄妙观，三清道主神像高大雄伟，可去参拜。我去去就来。"

众仙一躬："兄长一路走好。"

吕纯阳驾云前往叩见师父。

昊天大仙兴奋道："呀，你们一路东行求道做了许多好事，祖师爷十分高兴，今日来此，为请吴王夫差神灵？"

"正是，西施泪洒东吴大地，甚为可怜！"

"不过这得听夫差之言。"

"是！徒儿还有一事请教。"

"说。"

"徒儿能结婚生子吗？"

"糊涂，若不能结婚生子，后代无人，要教派何用。"

"呀，徒儿明白了。"

"可你的婚事尚有波折，待此行结束，为师为你操办。"

"呀，谢谢师父。"

"去皇帝陵请夫差，为师已为你安排定当。"

"谢谢师父，徒儿拜别。"

昊天大仙叹道："人间元人入侵，朝代已换，你去吧！"

吕纯阳驾云西行，忽见几名刽子手手执砍刀押解一官员，迫其跪下。

那犯人高喊："我的正气歌、正气歌！"

刽子手："到阴间去唱正气吧！"

刽子手夺过几张纸欲撕，吕纯阳急一挥手，只见一道白光猛刺那人之手，纸张坠地，纯阳急招手，纸已到手，一看："呀，正气歌,文天祥。文天祥?南宋丞相被俘,不屈不降而被斩,好,值得尊敬。"正思索,文天祥已被处决,红光喷处,忠魂升空!

纯阳长叹一声,再展眼一看,只见燕京之平畴沃土已不种庄稼,尽成草地,牛羊成群,官员们则在草地上赛马。

"唉!"吕纯阳长叹一声,"游牧民族入主中原,历史的倒退呀,岳飞死得太早了哇!"

这时,眼前出现一个新的景象,在一个偏僻的小山村广场上,一个土台上正在唱大戏,广场挤满了人,吕纯阳从未看过戏,只觉新奇,便急急赶去,落下云头,看起戏来。台旁贴有戏目名:《感天动地窦娥冤》,戏已演了一半,场上坐的站的观众挤得满满的,哭泣声声。只见台上锣鼓声中,几名差役和两个刽子手押一年轻女子,一头乱发,遍体鳞伤,只听她用悲惨的哭腔在唢呐配合下唱着。其声高亢,悲苦,声震群山,催人泪下,她唱道:

没来由犯王法,不提防遭刑宪,

叫声屈动地惊天,顷刻间游魂先赴,森罗殿,怎不将天地也生埋怨!

地也,你不分好歹何为地?

天也,你错勘贤愚枉做天!

哎,只落得两泪涟涟!

冤枉——

只见台上监斩官一拍桌面,大声:"尔有何请求?"

女犯:"窦娥有三求。"

"这一?"

"请在我身后高高悬一白绫，窦娥人头虽落地，鲜血却血溅白绫，不落尘土！"

"准。"

差人挂起白绫。

"这二？"

"窦娥若是冤屈，定然六月飞雪，将我贞洁尸体掩埋，不至暴尸荒野！"

"一派胡言，哪有六月飞雪的。"

一差役："老爷，风寒，天上阴云密布了呀！"

"呀，真的飘起大雪来了。"

"呀，呀，呀！这三？"

"民女若是冤枉被杀，山阳必遭三年大旱。"

"呀，休得胡言，时辰已到。"监斩官摔下一牌。刽子手刀起头落，顿时，血溅白绫，大雪纷飞，观众们哭声遍地。

有人喊："打倒贪官。

"窦娥冤啊，谁为她鸣冤叫屈呀！"

"关先生写得好呀！"

前面一人站起向大家鞠躬。

有人喊："朱小姐不愧是名角儿，唱做俱佳，演得动情，动听，动人！"

演窦娥的演员名朱帘秀，在台口向大家躬身施礼。

吕纯阳灵机一动，急行几步，向作者关汉卿一揖："关先生写得生动、感人，鄙人特来感谢！"

"先生是！"

"鄙人乃修道之人吕纯阳。"

"呀，早就听说有八仙，先生是八仙之首吕洞宾吧？"

"正是贫道。"

"朱帘秀快来！"朱急行，脸上妆尚未洗净，行至吕纯阳前行了大礼："拜见仙人。"

"呀，小姐唱得好，演得好，扮相好，太好了。"

"仙人谬奖了。"

"戏编得好，可以在台上揭露鞭挞贪官污吏，可以为民申冤泄愤，可以痛斥土豪劣绅横行乡里，可以辱骂匪盗劣行，更可以听到优美的歌唱表演，娱乐身心，美哉！"

"仙人所言甚是，请坐。"

"关先生请看，这是一个犯人被杀，手中的正气歌。"

关汉卿接过低头阅读，激动道："呀，文天祥，可佩可赞。"

"能编戏吗？"

"可以，不过光凭这正气歌并无故事情节，不能编；若要编，需了解其生平及生活细节。"

"宣扬他的正气，正当其时呀！"

关汉卿摇摇头："我虽是个蒸不烂、煮不熟、捶不扁、炒不碎响当当一粒铜豌豆，不惧强暴、不怕凌辱、不惧死亡，但也不硬往刀口上碰。仙人想，朝廷刚斩杀文天祥，我就歌颂天祥之忠之勇之正气，这些自视极高、目无汉人的入侵者，以为触犯了他们的尊严。他们虽入主中原，但内心有自卑心理，必将逮我下狱诛杀以壮声色。歌颂文天祥，交由后人为之吧！"

"呀，先生所言极是，这正气歌暂时只好埋没了。"

"我有一法，据说钟山南京有一金陵刻经处，将这正气歌交由他们刻印，然后广为散发。"

"妙、妙，先生智人也，可敬可佩！还，还——"

"还有何事，仙人请说。"

"我等求道至姑苏，见一西施塑像，有人骂她内奸，亡了吴国，她冤气冲天，泪洒田野。"

"仙人问一下吴王夫差就明白了。"

"是，我正要去皇帝陵拜访夫差，请夫差为西施申冤，写成戏，广为演出，为西施平反昭雪，重来一次六月飞雪。"

"仙人此论甚是，但我非不为，是不能为。"

"何以？"

"写戏除主旨、情节、结构、曲词外，还应知人物的出生地，知道地域的特色，风情习俗，汉卿生于北方，不解江南风情，写不出地域特点，所以，不便写，仙人可请当地文人动笔。"

"至理名言，若请先生一起去皇帝陵见夫差，夫差若为西施正名，先生可否对此剧的结构、编排设想一下，对此，贫道一无所知，先生可助我么？"

"行。"

突然，马蹄得得，一队元人骑兵飞至，为首之人："未经核准，在此演戏，辱骂官员，你们反了。"

众百姓逃散。

那人又说："据说是关汉卿所为，人在哪里？"

关汉卿正欲走出，被纯阳阻拦，高声："我在这儿。"

"砍啦。"

纯阳一挥宝剑，只见一道白光掠过，那人跌下马来，大叫："反了，反了，杀呀！"

吕纯阳大喝一声："尔滥杀无辜，想死！"宝剑一挥，众骑兵滚下马来。吕纯阳剑指领头的："侵犯中原，欺压汉人，你们蒙古人不合理，不讲礼，无文化。"

军官："请饶了小人吧！"

"你下次再无理害人、杀人，我一定把你斩了。"

关汉卿："为何不杀？"

"杀了他，先生在大都无立足之地了哇！"

"高，到底是仙家所为呀！"

那些兵将高呼："呀，关汉卿是仙人呀！"

从此，这一传言不胫而走，而且愈传愈广。

吕纯阳驾云抱起关汉卿飞去。

二人来到皇帝陵，只见戒卫森严，建筑宏伟壮观。二人虔诚焚香下跪，良久方起身，问管理者："请问吴王夫差英灵在此否？"

"在，昊天大仙已有招呼，请！"说着领二人来至一密室："二位请坐，夫差稍停即来。"话刚落音，夫差已进："何人烦我？"

吕纯阳："吾乃修道之人，日前在姑苏城郊见一西施塑像，吴人呵责她为内奸，祸国殃民。西施连呼冤枉，泪洒大地。"

夫差愤慨道："吴国之败，乃夫差之过，我愈来愈强横骄纵，不听忠臣伍相之忠言，爱听奸贼伯嚭谗言，放了勾践，这才有国亡身殒之惨剧。可西施对国事从不吹一句枕边风，说半句谗言，尽了一贤妻良母的责任。"

"请君王细说西施之德。"

于是夫差把西施来了后，曾为美人计想自缢，天平山五色枫前怎么观察西施思路，怎么建馆娃宫，怎么允其见勾践，兵败国亡之际，西施三项承诺，芦苇荡中怎么保全幼子等等叙述一遍，且愈说情绪愈激动。

说毕，夫差问："是不是要我回去向三吴百姓说清真相。"

"到时，想请君王英灵在空中为西施说几句，为她正名。"

"行！"

"我们准备演一出戏，为西施正名，还她本来真面目。"

"好，好，要我出场吗？"

"当然要君王出场，但那是演员扮演君王，不须君王亲临。"

"如果我想亲临观看呢？"

"到时再看情况吧！请问君王，南唐后主和大宋徽宗在此吗？"

"在，都是亡国之君噢，想见？"

"我曾与二位有一面之交。"

"好，我去请他们来。"夫差走出去，一会儿引来二位帝王。

吕纯阳上前拜见："我曾在汴京街头见过后主被毒死后的灵

枢，曾为一个大文人大词家惨死而悲啼！"

李后主："阁下是？"

"修道成仙之人吕洞宾！"

"我在棺中，曾听人言，才高未必能治国，是阁下说的吗？"

"正是，我从书中看来的。"

"至理名言呀！"

吕纯阳又对赵佶一躬："我曾在地道中叩见皇上，请皇上参与天波府祭奠杨老令公殡葬。"

"呀，记起来了，这次祭祀方使我警醒，重视军备，惜哉！"

"小道崇拜皇上，只因你是大文人，瘦金体书派创始者，绘花鸟的高手。"

"惭愧，国不灭，也为世人多留些墨宝。我听说有仙人请地藏王惩治杀戮忠良名将岳飞的赵构。"

"正是，他只求偏安，怕迎回父兄，杀害忠良。"

"赵构幼年时即自私，享乐，无有大志，该让他在地狱待待！"

赵佶继续说："还是才高未必治国这句话好，当年选我接任皇位时，有大臣曾谏阻，说我轻佻，我即位后，还处治了此人，现在后悔也来不及了。"

吕纯阳指着关汉卿："这位是著名元曲作家、戏剧家，写了许多抨击时弊的作品，他没当官作宰。"

关汉卿躬身施礼："小民只顾为百姓诉苦鸣冤，揭露贪官、土豪！"

三人同声："好，可敬！"

吕、关二人驾云回到原先那山沟，已近三更，朱帘秀还在等着，吕纯阳方知关朱二人是一对恋人，于是回房休息。

可关汉卿却对朱帘秀说："我要把今天夫差所说编一剧本提纲，你先睡！"

朱帘秀问："今日到何处去了？"

"皇帝陵，见到了夫差、赵佶、李煜三位亡国君王的英灵。"

"呀，那人是仙人。"

"正是！"

"你的运气不错，不然已在元人监中。你身上一定有仙气。"

关汉卿抱起朱帘秀："这仙气也传给你，哈哈哈，你先睡。"

关汉卿秉烛夜书，把戏定名为《西施冤》，戏的编排结构都细细写下，到次日巳时方妥，交给了吕纯阳："这是我粗略之想，供姑苏才子参考吧。"

吕纯阳十分感动："先生如此尽责，令人敬佩。"

"仙人起身返回姑苏，鄙人要休息了，不远送，只盼后会有期。"

"如此谢谢了。"

吕纯阳赶回苏州，放眼查看，见众仙正在一客栈内栖身，忙落下云头："怎么，诸位没去玄妙观？"

"大家都主张等人齐了一起去。"

"好，好。"于是便把事件经过细说了一遍，大家连呼："这下可为西施正名了。"

吕纯阳又从胸中掏出一纸："这是南宋丞相文天祥被元人俘获，不屈而死时手中的正气歌。"

韩湘子抢过一看："果然正气浩然，我为此歌谱曲。"

"好，你善此道。"

"当然，要不手执玉笛何用，我自幼学得工尺谱，今日正可用上。"

"工尺谱？"

"就是用'上尺工凡六五一'七个字可谱成曲。"

吕纯阳赞道："你是藏才不露呀！你可去金陵，找一刻经处，请他们刻成功后印刷出若干份，广为散发，然后你再精心谱曲，向百姓传授！"

"极好，这正符合我们东行伸张正气的目的，我去也，这下玉笛可派大用场了哇！"正驾云上飞，突然尖叫一声："牡丹妹，你功德完满啦？"

白牡丹落下云头，向诸仙一拜："诸位前辈，牡丹苦练成功，也列仙班了。"

众仙大喜，纷纷祝贺！

吕纯阳亲密地搂住白牡丹："正盼着你来呢！"

"有什么喜气？"

"没人时告诉你，这儿是人间天堂，一起在苏州玩玩，我正忙着为西施正名哩！"

"为西施正名？"

"待一会告诉你，走，一齐去玄妙观，在那儿借块宝地，住上十天半月。"

玄妙观乃江南一座有名的道家修行之地，众人来至观内，先朝拜了教主金身，然后找观中道长。吕纯阳："请问道长，是何法号？"

"我乃怡灵道人，诸位是？"

"我们乃求道之人，共九人，七男二女，一男去金陵办事，不久便回。"吕纯阳分别将大家介绍给道长，最后自报了家门。

"吕纯阳？吕洞宾！呀，八仙来了，小观之幸也。"

"想借宝地一席之地，住几天。"

"可以，请也请不到，请到后院。"

后面有一小园，假山、池塘、草亭相映成趣。道长："先请这儿休息，我命人把诸仙休息处安排一下。"

等道长喊来管事的吩咐后，吕纯阳问道："道兄，请问江南三吴大地有无曲调流行？"

"有，人们喊这些小调为滩簧。"

吕纯阳来了兴趣："有乐器伴奏吗？"

"有，道教最崇尚音乐，这玄妙观道士几乎每人善一乐器，且技艺不凡，每日晨诵经后必演奏音乐，市民观赏者颇众！仙人们愿听么？"

众人站起一躬："愿闻、愿闻！"

　　道长喊来十几位道士，道士们各持琵琶、二胡、笛、箫、笙、管、板鼓等乐器前来。

　　"诸位演奏一曲供仙师赏鉴！"

　　道士们在板鼓叫板声中演奏曲调，其声优雅动情，抑扬顿挫，有板有眼，众仙听得入迷，十分陶醉，曲罢，热烈鼓起掌来。

　　吕纯阳："犹如仙乐，仙山有，这凡间怎么也有呀！美哉！"

　　众仙附和："听此乐如饮琼浆呀！"

　　道长说："这是那滩簧中的平调。"

　　"唔，好，好。请问道兄，如有词儿，观中可有人能谱曲否？"

　　"有。民间堂会班社也有。"

　　"民间还有唱堂会的班社，唱戏文吗？"

　　"唱。"

　　"有人编剧么？像北方关汉卿那样的行家？"

　　"虽无有关汉卿之才，但可称能手，我这观中就有。"

　　吕纯阳激动地拉着道长之手，他没想到事情办得如此顺利："那就请能谱曲，能写戏文的能人来此相见。谢谢！"

　　道人向两个人一招手，指着一个吹笛的："这是乐文道士，善谱曲。"又介绍一位长有山羊胡的道士："这位击鼓者名修齐，会编戏文。"

　　吕纯阳抓住二人的手摇晃着："幸会，幸会！"

　　道长向二人介绍："这位是仙人吕纯阳。"

　　二人崇敬地一躬："拜见仙师。"

"我们做一次忘年交吧，别客气！你道号修齐，是修身齐家之谓吧！"

修齐脸一红："我本一穷秀才，看破红尘官场黑暗，修道自保，把道德经念好，足矣，修什么身，齐什么家，无奈，幼时父母命名不得不用。"

"呀，你可以在戏文里治国平天下呗！"

"试试看吧！"

"我正想请江南才子写一戏文，今儿有幸得见，三生有幸。"

"惭愧！"

吕纯阳掏出一纸："这是北方名家关汉卿草拟的一份戏文提纲，供你参考，提纲所示均为吴王夫差所言，决无谎言。"

"你们见过夫差？"

"日前在皇帝陵拜见过。"

修齐翻了翻："呀，到底是名家构思，十分精辟，内涵也极丰富，有幸撰写此剧三生有幸呀！贫道七至八日交稿。"

"你交给乐文兄吧！"吕纯阳转身向乐文："就请你谱曲，谢谢！我还要去请一戏社来承担此剧的演出。"

"我与姑苏最有名、名角也多的民锋戏班班主许立熟悉，我陪你去。"

白牡丹修成正果归来，本希望立即投身吕纯阳怀中，成就好事，没想事与愿违，吕纯阳热衷于什么戏，无时陪自己，心中老大不快。吕纯阳请好戏班，晚间从外面回来，才亲切地来到自己身边："牡丹，冷待你了，请原谅。"

"你心中没有我呗！"她撒娇了。

"一闲下来我就想你，真是才下眉头却上心头呀，不信你问问各位师兄弟。"

第二天，二人在大街上闲逛，来到一药店门口，白牡丹走进，左顾右盼："呀，多想念当年我开的那间药店呀！"

"咳，那次晚间曲江初见，你我真是一见钟情呀！"

"到现在仍在钟情，名存实无，可叹！"

"牡丹妹，我已禀告了师父，师父同意我二人结婚成亲。"

"呀。"白牡丹跳跃欢呼，"那今晚就结婚。"

"师父说要等东行求道结束，他要为我俩主婚。"

"又要等，猴年马月也等。"她违心地说。

"这出戏排好了，也就差不多了，快了。"

"唉，还得等，牡丹长时间都等了，何在乎这一下？命也，不怨人。"

"就在早晚了，多想想乐趣！"

"乐？咳，会有乐趣吗？"

当晚，二位女仙人同卧一室，白牡丹始终有些不愉快，睡到半夜，耳边突然有人低语："我是尤归，明天在城东南方运河边'奇丑奇美画店'见面，我等你。"

原来，这尤归时间一长对五个北方女子渐生厌倦，总觉得有些粗而俗，闻得苏州多美人，且娇柔缠绵，得想个办法搞几个苏州美人，想了好久，想得一法，在苏州开一"奇丑奇美画店"以勾引美貌佳人。开办以后，果然来了不少美貌佳人，自己已骗得一少女上钩，适才在街上看见吕白二人走过，便生了歹念。

白牡丹对尤归并无好感，但猎奇心催使，趁人不备私自走出，疾步向东南走去，果然，运河边有一"奇丑奇美画店"，画店门前挂了许多奇丑无比的男女和奇美赛仙人的伟男美女画像，心觉十分有趣，便走进画店。自有画师迎上："呀，小姐请进！"

"我还够格么？"

"够格够格，小姐不够格，世间无美人了。"

这时，尤归大笑走进，拉着白牡丹的玉手："你我一种相思，两处闲愁，此情无计可消除，才下眉头，却上心头。想死尤归哇！"

"呀，同感同感！"白牡丹觉得尤归说得太露骨了，便含蓄地回道。

尤归放下手，整整衣衫："怎么样，我这人的长相，身材，不输吕纯阳吧！"

白牡丹笑着打量："呀，另有一番气韵呀！"她所指的气韵即尤的脸上露出淫荡之色，两眼邪光闪烁。但她并不反感。

"来——"尤归拉住白牡丹，"随我来。"

白牡丹随尤归拐弯抹角走进一处园林式的花园，这儿面对大运河，沿河有长长的走廊，近听水声，眼望舟楫来往，白帆点点的运河，心情十分怡然自得。二人由一处圆洞门走进，进门却是一条九曲桥，桥头倚假山，山上建一草亭，水中鸳鸯游弋，红鲤鱼嬉游，塘边垂柳飘拂，各种树木丛生，浓荫覆盖。

白牡丹惊呼："此乃仙境呀！"

"你我都成仙了，当居仙境，来，请坐。"

草亭坐下，仆人送上清茶，白牡丹揭开杯盖，呷了一口："呀，嫩绿味香，平生未见此品，妙，妙，妙！"

尤归坐下："你与纯阳兄何时结婚？"

"快，快了。"

"美人在旁，早该洞房花烛，他却不急不忙，拖延至今，我怀疑他天生无性感，无情欲，无恋情，无人性。"

这话句句打进牡丹心坎，又不好回说什么，低头呷了一口茶。

"跟尤归走吧！"

牡丹低垂着头，微微摇了摇。

这时古筝声起，尤归分外热情："我俩放歌一曲如何。"

"对不起，牡丹不善唱曲，抱歉！"

"来，听我歌唱一曲如何？"

"愿洗耳恭听。"

"此歌名《凤求凰》，即雄凤向雌凰求婚交配。"尤归说完，自编自唱起来：

> 美人在旁兮，
>
> 情欲荡荡，
>
> 求交配兮，
>
> 凤求凰！

　　翻云覆雨兮鱼水欢，

　　人生在世兮，

　　恋情如水，

　　方不负来世间走一趟！

歌词俗不可耐，淫欲之气浓烈。

一曲歌罢，尤归："献丑了。"

"呀，唱得好，声音美。"

"那我就求凰了，答应尤归，今夜洞房花烛，不要虚度光阴呀，良宵一刻千金呀！小妹答应了吧！"

"我，我……不。"

"你知道人的一生成佛成仙都是虚假的，唯有这床上美事不可废，不可迟。吕纯阳他自欺欺人，假惺惺，妹子要勇敢谋求自己的幸福，尤归等了你多少年呀！"

"让，让我先来画肖像吧！"

尤归大喜，心想，她也学会自欺欺人了。应道："行——我等着妹子。"

八仙正在一河滨草场上叙谈，只见白牡丹背着一个小包走来。

何仙姑："你这是干什么？"

张果老："据我观察，此女将有不善之举。"

蓝采和："她要走。"

汉钟离："此来不善啊，道兄，有什么不测你要挺住。"

白牡丹已来到众人身边："牡丹去'奇丑奇美画店'画像。"

吕纯阳掐指一算："是先与尤归结婚吧？"

牡丹跪倒，不置可否，向众仙叩拜："多年来深感诸位呵护、同情、帮衬，特别是纯阳大哥的细心关切，牡丹一一谢过，请原谅！"

曹国舅："吕纯阳可是你的救命恩人呀！"

铁拐李长叹一声："多年相处，不知你原是一条白眼儿狼呀！"

众仙冷笑，笑声中饱含鄙视、斥责之意。

何仙姑走上前，抚慰着："牡丹，你天生有个缺点，太单纯，爱听奉承话，几句顺耳话一说你就信了。"她停了停，"妹子，你的出身决定了你有两个弱点，一是享乐，从小娇生惯养，吃不了苦；二是生于商家，有些私心。"

曹国舅："说得对，妹子你要分清是非，什么人好，那些劝你苦练成正果的人话虽严肃，却是好意，是好心，而那些叫你脱离苦海，力求享乐的人，你却句句入耳，因为他的话符合你从小养成的怕吃苦思想，你要从大局、从你的最高利益，得与失上分清谁是好人，谁是歹人。"

张果老也柔声劝道："国有国法，教有教规，纯阳并非故意不和你结婚，而是服从师训，除了婚姻，他无处不为你着想，有次甚至到了不食不睡地步，他是打心底爱你呀！别走！"

吕纯阳走近白牡丹："牡丹妹，该去哪儿你去哪儿，捆绑不能成夫妻，人和仙一样，全听一颗心的指向，你已立志和尤归结为夫妇，去吧！我不怪你，不过，我要提醒你一句，他家已有五位夫人，你是六姨太……"

"你？"

"我不会骗你，不会说谎话，你看，那'奇丑奇美画店'上空为黑雾所弥漫，笼罩，那是尤归用以诱骗美人的地方，我不告诉你是对你不忠诚。"

"天啦，这是真的？"

这时，只见黑烟处窜出一只猛虎，向吕纯阳猛扑过来，空中有人高声言道："吕纯阳休得胡言乱语。"

吕纯阳立刻变成打虎武松，跳上虎背挥拳就打。

突然，一片祥云急速飞至上空，有人大声说："徒儿尤归安在？"

老虎立刻复原为尤归，跪伏在地："徒儿在此，跪迎通天教主师父。"

"尔出得师门，可遵守教规否？"

"徒儿一刻不忘，誓死遵行。"

"真的？"

"如有违犯，岂不忘了师父大恩大德。"

"巧舌善辩！哼，适才成虎样何故？"

"有人造谣污蔑徒儿。"

"谁？"

"吕纯阳。"

"他诬说你什么？"

"说，说，徒儿说不出口？"

"照直说来。"

"诬栽徒儿有五房妻妾。"

"是真是假？"

"无，无此事。"

"若有呢？"

"任凭师父严惩。"

"我此行就为了惩治不守教规之人，哼，尔倒行逆施，违犯教规，任意胡为……"

"师父，休得听人胡言。"

"哼，尔在山东阳谷盗窃国库银两，供自己任意挥霍，其罪一也！"

"冤枉啊，师父。"

"霸占市民庄园，供自己享乐之所……"

"师父，庄园主人是杀人犯西门庆呀！"

"西门庆是杀人犯，可他的妻儿乃是良民。其罪二也。"

"师父，与事实不符呀！"

"尔在阳谷奸污良家少女，逼为妻妾供你淫乐。"

"师父，师父，他们都是婊子呀！"

"一女为青楼女子，其余四人皆闺门千金或良家少女，你还不知羞耻，听说苏州多美人，比北方女子柔媚窈窕，又来苏州开设‘奇丑奇美画店’，骗取美人上钩，已有一人遭尔毒手。你，你，罪在不赦！"

"师父，念在师门求道之情饶了徒弟吧！"

"力士行刑。"

只听一声惊雷炸顶，尤归已倒卧在地。

力士："师父，已废尤归道行。"

"继续。"

又是一声炸雷，尤归已现原形，一个长臂猿猴。

力士："师父，尤归已现原形。"

"继续。"

力士跪倒："师父，饶他一命吧！"

"哼，你想让我再听祖师爷呵责，重犯治教不严之过吗？"

力士："是。"

又是一声炸雷，尤归已死，被一条天狗拖走。

众仙拜伏在地："师父治教甚严，徒儿谨守教规，弘扬教义。"

通天教主驾祥云西行而去。

突然，白牡丹一声惨叫，跳入身旁运河。吕纯阳迅即跳入河中将牡丹救起，扶上岸来，刹那，白牡丹又向一棵大树撞去，吕纯阳猝不及防，虽猛力拽住，但牡丹头已触树，虽非强烈碰撞，但头皮破裂，鲜血一地，人已昏迷不醒。

吕纯阳悲泪涟涟，驮着白牡丹回到玄妙观居处，把她躺倒在床，在耳边低声呼喊，可白牡丹却无有知觉。

众仙替换着吕纯阳，喂茶水，掐人中，抹通向脑部的血管，并劝慰吕纯阳："别急，会好的。"

"如果不是你死死拽住，她早已死去了。"

"是，好在是轻度伤呀！"

"你两度救了她的命噢。"

这时，韩湘子风风火火走进，提着用绳子缚好的一大堆白纸，又从口袋中掏出几份一人发了一份，众人一看，上面刻印的是《正气歌》。

韩湘子说："金陵刻经处认真负责，一字不错，我在金陵满城散发，官府派兵追捕，但正气已笼罩全城了。"

"贤弟真会办事？"

"他们刻字，我制作了一份谱起曲来。"

吕纯阳："你对着白妹妹轻轻吹奏。"

韩湘子方见白牡丹躺卧在床："她怎么啦？"

"你先吹奏，等会儿告诉你。"

韩湘子掏出玉笛，俯身吹奏起来，时而激越悲壮，时而轻柔，如泣如诉，十分动听。一曲吹罢，众人鼓掌："八仙中，有此能手，骄傲呀！"

张果老一拍渔鼓："我也唱几句，助助力唤醒她！"他随手又拍了几下渔鼓，敲打起竹板，唱起新编的词：

> 张果老呀表深情，
>
> 誓将妹妹来唤醒。
>
> 你一时糊涂想错了，
>
> 誓死捍卫自尊严。
>
> 人总有错改了好，

　　快快醒来哥高兴！

　　众仙喝彩："唱得好，词儿好！"

　　剧本已写好，曲子由韩湘子和观中乐文道人二人日夜哼哼哈哈、咿咿呀呀谱好，交给了民锋戏班。不到三天，来请众仙观看前半场，提提不足之处，以便修改。班主说："有一个问题，请众仙定夺！"

　　"请说。"

　　"开场时序幕，一个方案是，塑西施塑像，四五吴人指点批评，西施呼冤滴泪；一个方案是西施乘船赴吴国，不出场，众纤夫跳起纤夫舞，诉说船中西施苦恼，不愿做内奸，却又不能不前往吴国。"

　　有人说："都好。"

　　有人赞成前一方案，有人赞成后一方案，最后敲定，既然剧名叫《西施泪》，暂时先用第一方案试试。

　　序幕后，第一场戏是西施夫差相见，互有好感，但吴王却揭穿这是美人计，要西施居驿馆，好好思量，或者是为吴国妇，做一个贤妻良母，不吹枕边风，不进谗言，或者仍为越国女，回转家乡。这使未满二十的少女陷入两难境界。

　　二场是身处两难境地的西施，夜色中，漫步沉思，唱道：

　　　　夜色静，归鸦眠，

　　　　远眺回廊假山，

　　　　楼阁草亭，

　　一似琼岛仙境，

　　谢吴王不鄙视，

　　栖我于园林。

　　呀，塘滨垂柳飘拂，

　　似弱女心摇曳，

　　夫差已识美人计，

　　留则终身被疑，

　　回则受严刑，

　　怎么办？怎么办？

　　死路一条，一条绝径，

　　倒不如白绫加颈了残生，

　　求安宁。

西施掏出白绫挂高树，欲投绫自尽。

范蠡（急上）：姑娘万万不可行此下策。

西施：去留难定，皆为绝路，大夫不必劝我。

范蠡：望姑娘听我一计。

西施：请教！

范蠡：逃。（唱）

　　数年从政心厌倦，

　　政坛黑暗残忍！

　　事急矣，

　　陪姑娘北上齐鲁，

　　诚信经商为妙。

西施：不，我若走，必然祸及乡里乡亲，殃及老父弱母，遭后人唾骂，不！

范蠡：不走，则留。

西施：留则为夫差妻，我岂能作内奸暗害吴国臣民，这不更给后人诟骂！大夫不必劝我，一死以了残生！（更夫远远打更走来），大夫请回。

范蠡取白绫无奈下。

西施：是走，是留——这，这——，呀——

伍相楚人也，

家仇报后当回返，

怎成了吴国忠良？

是忠？是义？

且夫差英俊豪爽，

尊重弱女不用强。

若效伍相国，

越女成吴妇，

忠心侍夫郎，

不吹枕头风，

不进半句谗言，

一身正气，

君王必渐信，

越国臣民忠贞，

释勾践还乡！

不作内奸，

也能尽我报国心肠！

（白）成功在此一举了哇！

众仙高声喝彩："好看，好听！"

"静一静，下一场来啦！"

众人见台上护卫、宫娥引夫差、西施上。

夫差：此乃天平红枫，姑苏一景，此处枫叶，美名五色枫，入秋后叶儿由青而黄，由黄而橙，而红，而紫，故名。

西施：红遍半边天呀，煞是好看。

夫差：枫叶五色递变，人呢？妃子呢？由越女而吴国妇，再后呢？

西施：（警觉）君王，人非草木，红枫美在外形，而无人之有情义、有良心……

夫差：有情义？有良心？也能变，人是善变的。

西施：善变？朝秦暮楚，小人也，而君子贞妇，一旦确立了人生理念，则百劫不变，坚守理念到底。

夫差：妃子有理念、良心否？

西施：馆驿深思三日，决心为君王贤妻，温柔之妻，矢志终身，决不会做违背、污辱君王之事。

夫差：是心里话？

西施：句句从心底掏出，君王若疑西施，请即惩治。君王当断则断，若不断，反受其乱呀！

夫差：唔！我乃戏言，何必当真。

西施：戏言也罢，直言也罢，君王且听我之言，观我之行。

夫差：（激动地）言重了，如此，你我夫妻，漫步前往灵岩山吧！

众仙看到这儿议论开了，有人说："拿五色枫来测西施之心，绝啦！"

"有了这次试探，二人都定了心。"

"唉，是对好夫妻呀！"

"别啰唆，看戏。"

这场戏还在继续，下面就是夫差陪西施看馆娃宫，荷花塘，响屐廊，跳响屐舞。

戏毕，班主来征求意见，大家想不出什么不足之处，而且对唱腔很满意，直呼："有如仙乐！现在就等下半场了。"

吕纯阳问韩湘子："这些曲儿，你记下没有？"

"记得牢牢的，回去唱给牡丹妹妹听，准让她苏醒过来。"

众仙回到玄妙观，韩湘子立即在牡丹身边吹奏适才那几段唱，轻柔之音，透人心肺。何仙姑突然喊道："牡丹她、她双眼眨了一下。"

众人大喜："功到自然成，她会醒过来的。"

又过了三四日，剧社派人来请看下半场，何仙姑仍留下照看牡丹，七仙和怡宏道长一起往看。

众人落座，戏即开场，只听锣鼓震响，越国追兵上，开战，夫差刀砍二将，飞马灵岩山，西施跪迎，只听——

夫差：唉，悔不听相国之言，如今败局已定，寡人愧对吴国臣民，必自刎以谢罪！

西施：大王，臣妾有罪呀！

夫差：妃子罪从何来？你上阵杀敌？越胜吴亡，只求你平安生下遗腹子，抚养成人，我求你啦。妃子你已解脱自由，可衣锦荣归矣！

西施：我的夫君，婚后多年，你，你怎还不识我心，不解我志，西施自有人格尊严！

夫差：你，你何出此言？

西施：你的恋情已融入臣妾血液，你的恩义已注入臣妾心房，为谢大王，我的夫君，臣妾对天许下三点承诺。

夫差：这，这一？

西施：大王仙逝，臣妾葬大王于太湖之滨，当守灵三年，陪伴君王。

夫差：这二？

西施：生下君王后裔，臣妾乳汁喂养，保其平安茁壮成长。

夫差：天啦！这，这，这三？

西施：臣妾老死与夫同穴，共赏太湖水色风光！

夫差：（跃身跪倒）夫差一生除跪叩祖先，从不向人下跪，今日妃子三、三诺令人心灵震撼，情爱仁义感人，寡人死而瞑目，含笑九泉矣。

西施：夫、夫君。

夫差：这、这第三点可废，你我恩爱多年，你最美的青春年华已给了寡人，我已知足了。守孝生子后，你该寻求自己的幸福，开创新的生活，西施，我的好妻子呀——

夫差自刎倒地。

西施：（惨叫）夫君——

看到这里，众仙和其他观者都已泪洒胸襟，激动不已。接着范蠡率兵冲上欲携西施远去，西施坚持守孝三年，范蠡约三年后来接她，西施求范蠡率兵进城，还这儿一块清净。范蠡走后，西施唤来孙阿囡，一对年近半百的农村老夫老妪，让按计行事，二人用木板抬起夫差遗体，沿一箭河入太湖。

三年中，勾践地毯式地搜寻西施母子，西施在阿囡夫妇帮助下躲入芦苇荡逃生，又一次围捕中，西施穿农妇衣，抱子躲入芦苇荡，怀中娇儿连呼：我要父亲，我要父亲。

西施：（惨呼）夫呀，来看看你的姚儿吧。

突然一阵风刮过，夫差魂灵儿上。

夫差：儿呀，为父我来了。（抱起儿子，旋舞起来）儿呀，儿呀，父亲来啦！

西施：大王安好。

夫差：妃子，孤王整日在故国大地游荡，越人到处杀戮、欺凌、侮辱我三吴百姓，我，我自责、自惭、自恨——

西施：大王——

夫差：（唱）

孤王自恨，

日渐骄横拒忠言，

刚愎自用，

近伯嚭，

落得身败名裂，

愧对三吴民。

西施：君王自刎，已向百姓谢罪，别太苛责自己了。

夫差：妃子，我更愧对你呀——

你竹栅守灵，

冥冥中亲见你，

乳汁喂儿慈母心，

自己却黑发渐黄，

眉头皱纹生，

强忍饥寒消瘦心，

经常瓜菜代，

与卿比孤当自愧自惩，

贤妃承诺已兑现，

当求幸福度余生！

唱后，夫差突然发现一艘木船向这儿行来，登高一看，他叫道：范蠡来了，我送你们母子登舟……

戏演毕，众仙纷纷竖起大拇指，吕纯阳说："我有个建议，夫差唱毕，阿茵夫妇应将吴国百姓对西施的不实指责告诉夫差，夫差当场誓言旦旦，为西施鸣冤叫屈！"

众人皆说好，班主也直点头："这一来，西施塑像不掉泪了，立即改，再过三天就在西施塑像旁广场上搭台唱戏，请诸位前往指点。"

吕纯阳："我将请夫差灵魂为西施辩冤。"

众人齐声赞成。

三日后戏一散，只听空中有人高声说道："我乃已故吴国之王夫差，吴国亡，是我骄横，不听忠言所致，西施从不吹枕边风，进半句谗言，请莫责怪于她呀！"观众久久不散，议论纷纷，有些人对西施由呵责到颂扬，影响越来越大，观众越来越多，步行的、摇橹的、撑篙的，不到炊烟飘曳，已舟楫纵横。戏班欲罢不能，只好继续演下去。

众仙回到玄妙观，只听何仙姑一声惊呼："牡丹妹，你怎么还要寻死觅活。"

白牡丹凄凄惨惨："我，我实在无颜活下去了。"

众人冲进卧室，只见何仙姑正从屋梁解下白绫，白牡丹倾卧在床，痛哭不止。

吕纯阳快步站立床边，握住白牡丹玉手："牡丹，牡丹，呀，牡丹花重展芳姿花香了哇，武则天恶毒地想废牡丹，违背天意呀！"

"我该自己废了——"

众仙齐声："妹妹，你知道这几天，我们是怎样度过的呀，尤其是大哥为你忧愁，真是问君能有几多愁，恰似一江春水向东流呀！"

"我是白眼狼呀！"

铁拐李有些违心："这是骂你，是骂尤归这畜生，苦练时，他与我比邻而居，我什么事都关心他，照顾他，他，他竟欺侮我们八仙！"

张果老："是呀，你几次寻死，是知道羞耻，以死捍卫自己做人的尊严，你本质是好的，只是太老实单纯，受人欺骗。"

汉钟离："是呀，跌个跟头学个乖，你会更成熟的！"

吕纯阳："牡丹妹子，你若死去，我会陪你下地狱的。我活着，一个知心人儿去了，还有什么意思！"

"你？你！你还爱我？"

"爱！更爱。"

"和过去一样？"

"比过去还爱！"

"为什么？"

"你被人欺骗，知道错了，知道识人之难——"

"识人必须从表及里，从皮到骨。"

"你比过去成熟了，我更放心了。一帆风顺的人固然可爱，但跌了跟头爬起来继续前进的人更可爱。这是一。"

"二、二呢？"

"你有尊严，知耻辱，本来的好品质更好了。"

"三、三呢？"

"你本来就爱我，经此劫难，你会更爱我。"

白牡丹猛地扑进吕纯阳怀中，仰着泪水满脸的头："我，我不死啦！"

吕纯阳搂着白牡丹："这句话现在听来多可贵呀，比多年修炼的德行更可贵呀！"

韩湘子："妹妹。"他递上一张正气歌，"你看着，从今往后你会一身正气，伸张正气的。"

何仙姑："明儿和我一起去看戏，西施泪，西施泪，我们救她，为她伸张正气，她笑了，你也笑起来。"

第二天，众仙兴趣盎然去观看。

来到广场，却见远处西施塑像前有十几个道士个个帽压眉头，低垂着脸，围坐长桌旁，穿着八卦衣，头戴道士帽，各持乐器吹奏打击一阵后，念起经来。戏还没演，所以围观者甚众，只见另有三四名道士正在化缘，旁边立一长竿，上悬一白布，上书：为建西施祠，请捐款，有福有寿！

吕纯阳忽有所感，忙走近。这时，道士们正休息，吕纯阳上前问道："道长刚才诵何经文？"

道士昂着头："道德经呗！"

"头两句怎么读。"

"多事，要听，拿钱来。"

"何方修炼？"

"你管得着吗，当然是仙山。"

"仙山何处。"

"你这人怎么这么啰唆，滚！"

吕纯阳一拍汉钟离肩胛："把他们头上的帽子吹了。"

汉钟离拿起芭蕉扇轻轻一扇，众道士帽子飞去老远，围观者突然叫嚷起来："你不是李小二吗，怎当起道士来了。"

"呀，二混子——"

"二流子王阿根！"

"贼坏王老二，你，你——"

"水根老弟，你，你——"

道长一跺足："你等着。"他飞跑而去，一会引来一队元兵："就是这人搞破坏。"

"抓。"

一元兵上前抓住吕纯阳，突然，人不见手却被什么咬了一口，元兵松开手一看，呀，原来是只蜈蚣："他是妖怪，会变。"

这时，远处有人高喊："快，城里有人作乱，快！"

众元兵飞步跑开。

蜈蚣一打挺，跳起八尺高，又呈人形，众人吓得四散而逃。

吕纯阳高声："诸位，我乃仙人吕纯阳，非妖非怪。"

众人："呀，吕纯阳，吕洞宾，仙人来了哇！"

"正是，这几个假道士是骗人钱财的，必须交官惩处，但现在正在打仗，他们冒充道士毁我道教名声，我代表道教惩处之。"手一挥，十几名道士互相打斗起来，又一挥手，众停手，聚在一起。吕随手在周围划一圆圈，并且高声说道："三日内，你们无吃无喝，出不了圆圈；三日后回家，好好劳动，自食其力。如此游手好闲，休怪吕纯阳刀下无情。"吕纯阳拔剑出鞘，只见金光闪闪，寒气逼人！

众人直点头："一定听仙人的话。"

吕纯阳："这儿有地保吗？"

一人走出："小人是地保。"

"这些钱是刚才有人捐助建西施祠的，你点一点拿去，所有捐者必记姓名、数目，笔笔清楚，刚才没记，现在可补记。不许私吞，贪者必受天雷轰击！"

多云的天空，忽起闷雷。

地保："是，是，是！"

"不耽误大家看戏了，请！"

白牡丹："你真是善恶分明，办事干练决断，符合东行伸张正气之义呀！"

"这话从你嘴中吐出，有水平，有想法，不易呀！"

吕纯阳又和大家商量，要请关汉卿来看看，人家也花了精力，大家都说好，于是吕纯阳和张果老驾云前往大都，一路之上，只见烽火遍地，义旗高扬，处处有人反抗外族统治。

在坊间终于找到关汉卿，一听说请他看自己曾经构思过的戏，关汉卿兴趣颇浓，而且可以去江南看看，怎不高兴。找来朱帘秀，听听她的意见。朱帘秀一听去江南，突然叫起来："梦、梦想成真了哇。"

稍事休息后，张果老把折起的纸驴展开，一吹气，一条活生生的毛驴站立身旁："请！"

关汉卿惊诧万分："这要走到哪一天？"

"这驴儿日行万余里，不信？坐上就知道了。"

关汉卿扶着朱帘秀上了毛驴，驴儿立即飞驰而去，只听得耳旁风声呼呼。一路之上，只见刀枪格斗，义旗飘扬。

关汉卿说道："好，好，在城内只听说，如今亲眼见，果然官逼民反，元朝气数将尽了。听说南方有陈友谅、张士诚、朱元璋举兵抗元，好，好。"

朱帘秀："呀，这驴儿果然不同凡响呀！"

不久来到苏州，应二人之求，先去虎丘山、灵岩山、天平山等地游玩，虽然走马看花，但总是看过花了，这才回到玄妙观与众仙相见。晚上仍骑驴前往郊外广场看戏。

关汉卿见那十余人欲要走动，却被一无形的东西拦住，走不出去："奇怪，这什么道理？"

吕纯阳笑道："那是一群骗子，昨日被仙法锁镇，三日后方开禁。"

关汉卿："好，妙。"

这时，地保走来："大仙，已捐八十二两五钱银子，够了，西施祠可以建了。"

"呀，你费心了。"

二人走到西施立像前，前后左右观赏了一会，朱帘秀说："这像雕塑得栩栩如生，单纯、老实、美艳……好，好。"

关汉卿赞道："南方能人多呀！"

吕纯阳："二位太谦虚了，戏快开场了。"

闭幕后班主、主演、编剧、作曲一齐走来，一躬，恭敬道："久闻二位大名，如雷贯耳，今日一见，实乃三生有幸，请予指教！"

关汉卿连说："好，好，诸位辛苦了，我说不出有什么不妥之处，有几处细微处需完善一下，我已写在纸上，诸位看看，能调整的话请稍加修饰即可！"

朱帘秀赞叹道："北人歌唱多粗犷、高亢，激昂慷慨！南人歌唱轻柔、细腻、醇厚、动听，呀，有幸聆听仙乐，幸甚！"

吕纯阳找了一家客栈，请关朱二人住下，递上银两："报酬微薄，略表谢意！"

关汉卿："你这就见外了，此银我绝不会收，只求陪我逛逛这水城苏州。"

"一定奉陪！"

次日晨，早膳后，吕纯阳一声："请！"

众人一路走，关汉卿一路闲话："呀，走不远就是小河、石桥，怪不得唐人杜荀鹤有《送人游吴》诗，写道：

君到姑苏见，人家尽枕河。

古宫闲地少，小港小桥多。

夜市卖菱藕，春船载绮罗。

遥知未眠月，乡思在渔歌。"

走了半夜，诸仙送二人去客栈，关汉卿突然对吕一挥："吾还有一请。"

"请说。"

"早就听说三吴地还有一紫金庵，庙中泥塑菩萨个个栩栩如生，且僧衣为丝绸织品，我想去看看，顺便再玩一玩古镇，看看水乡。"

"行。我们虽是东行求道，也是逍遥游，有景点，一定游！"

次日一早，众人前往紫金庵，白牡丹主动与朱帘秀言语，十分热情，细心，并且问起大都坊间许多往事，和元曲的知识。

朱帘秀说："中国文化发展至今，就以元曲为主体了，元曲又分杂剧和散曲。"

白牡丹又问："听说《窦娥冤》十分动人？"

"有这话，我演遍北方城镇乡村，激起许多人对贪官的仇恨。"

"听说有一出《西厢记》词儿好、曲子美。"

"妹妹见闻颇广，是，张生与莺莺分别那段《正宫·端正好》就十分美妙，你听：碧云天，黄花地，西风紧，北雁南飞，晓来谁染霜林醉，总是离人泪！"

"呀，美极了。"数片黄叶天空飘舞，白牡丹欢叫道，"这词儿不就是写的现在这季节么？缺的是北雁南飞，可惜，即将分别，要洒离人泪了。好姐姐，真想和你长相守，可以学得不少东西。"

"你是仙人，我得向你学！"

吕纯阳看见、听见白牡丹的话语姿态和求知欲，非过去可比，心中十分高兴。

一会儿，到了地处东山西卯坞的紫金庵，坡上三间大殿，殿前有小院，十分简陋，游人并不多。众人走进，关汉卿惊讶地叫了一声，忙细心观赏起来，时而还用手去丈量比画。

庵内有二十四尊罗汉，庵内僧人说："左右壁的十六尊罗汉像，为南宋雷潮夫妇所塑，后壁的八尊，是邱弥陀所塑，相比之下，要逊色很多。"

关汉卿："呀，这罗汉像人人洁净无尘，诸位看，个个内衣、外衣、袈裟三层，内衣洁白，比例正确，表情自然，姿态优美，衣着富有丝绸质感！"

白牡丹欢叫道："真的，一看就有丝绸的质感。这儿是丝绸之乡呗，应该穿丝绸袈裟。"

朱帘秀："这位雕塑者善于抓住机会表现丝绸质感。诸位看，这方手帕，这位尊者抱起腿，裤隆起，一定是穿的丝绸品，这南海观音遮阳伞的飘带，活脱脱一丝带，美，南方与北方就是不一样。"

张果老："外面立一《净因堂碑记》说：罗汉像怪伟陆离，塑出名手。余游于苏杭名山诸大刹，见应真像特高以大，未有精神超忽，呼之欲活如金庵者。"

关汉卿又说："当年汉魏时期的吴兴人曹不兴创造了衣纹褶皱、细密贴身的表现手法，世称曹衣出水，这一创造在这儿得到充分发挥，令人惊叹！"

曹国舅笑道："没想到曹家还有此名人，哈哈哈！"

朱帘秀凝神看着降龙罗汉像："呀，诸位看，塑像人善于抓焦点，和我们在台上演戏一样，焦点一松，戏就松，观众情绪就松，就没意思了。"

白牡丹盯住看："对，大姐说得极是，说说。"

朱帘秀笑了笑："你看，上面梁上一条金龙，这位尊者正全神贯注，使出全身法力降伏，右边这位尊者看着降龙尊者，带有一些嘲弄的眼神，是否在说：你？哼，你能降龙？更右的一位，对降龙罗汉极表同情，暗暗使劲支持，十分好看。"

众仙都看了又看，极表赞成，白牡丹欣喜地拍着玉手："精彩，精辟。"

吕纯阳一击白牡丹肩部："你今天的言谈举止十分得体，棒！"

白牡丹撒娇地一笑："你怎么不作声？"

欣赏了罗汉像，在外面石凳上歇了歇脚，吕纯阳感慨道："地域性、焦点、特点，游玩景点，也得有思想，我喜欢人少，边看边思考，悟出一些道理来，走马观花没意思！"

休息了片刻，便就近到一处小镇。江南小镇有大致相同的地方，朝南面水而建，岸边建码头，开设米行、粮行、渔行，上有避雨避风高大宽敞的棚子。由小巷进入石板铺就的大街，那儿商埠林立，人烟稠密，每个镇都有一家或多家茶馆兼书场。每天一早四点左右，人们从四乡八村划船打着灯笼来镇上喝茶听书，同时把家中生产的米、麦、鱼肉送来镇上出卖，再买些日常用品回家家用，所以上午最热闹，下午就渐渐散去，划船或摇橹回家了，百姓们颇为自安、自乐！

沿着街道向东行，没几步就是小桥，走不久有高高的石拱桥，站立桥顶一看，只见桥的岸边有白粉墙，每一段均有窗花，窗花用瓦片砌成，窗的花样不一样，十分精彩。关汉卿惊赞道："不到江南，不知江南美呀！"

众人往回走，来到茶馆前，只见里面坐满了人，人们饮着、说着，四乡八村刚刚发生的新闻怪事都在这儿交流着。正欲抬脚，只见一位说书先生走上前面一个小桌后坐下，一拍醒木："今儿且说刘玄德三顾茅庐——"

朱帘秀说："北方名之为说话，大同小异。"

这时，关汉卿诗兴大发，大声吟诵起来：

> 小桥流水人家，
>
> 粉墙青砖黛瓦，
>
> 绿树荫浓野花，
>
> 摇橹水声哗哗，
>
> 闲话听书品茶，
>
> 乐哈哈！

众仙："美哉，大文人！"

关汉卿："信口言之，诸位莫笑，明日想再看看西施塑像，从那儿返回大都，好吗？"

"一切逍遥自由，行！"

次日一早，众人来到东郊西施塑像前，又看了几眼，见她不掉泪了，且容颜颇显愉悦感。祠堂已在建，即将完工。

朱帘秀："从此，没人诬言你为内奸了。"

正欲离去，有人叫道："仙人，仙人饿死了，放我出去吧！"

吕纯阳见十几名假道士还被圈着："从此改恶从善，凭自己的劳动吃饭，再不骗人，我就放了你们！"

众人下跪："小的们对天发誓，再作恶也逃不过大仙双目，放了我们吧！"

吕纯阳一招手，白馒头、糯米团飞进圈内，拂尘再一挥，众人已获自由："去吧，吃饱了回家。"

众人跪伏在地，顿首感谢，咬着馒头、米团纷纷疾步而去。

众人又到戏班子住地，三十多位演员、乐队齐拥至广场送行。

正告别，见一艘大船停泊，从船上走下十数人，前呼后拥一绅士模样、约三十多岁的人走至西施像前。

有人说："沈老板，你怎么要搬家到周庄？周庄小……"

被称为老板的人一挥手，趾高气扬地说道："小子，你懂个屁，周庄西有大运河，北有长江，西临淀山湖，东通黄浦江，进大海，可以自由出海经商！"

众："沈老爷一点拨，小人们明白了。"

"往海外经商好，国内到处打仗，听说朱元璋打进了南京城。"

"哼，小和尚能成什么大事。"

"听说，最近派来人马要和张士诚决一雌雄。"

"唉，又要死人了。"

吕纯阳掐指一算："这个老板，名沈万三，将成为江南首富，但恃财傲物，遭祸惹事。"

朱帘秀："恃财傲物？"转身对关汉卿，"你也别恃才傲物呀，万事忍让为上。"

关汉卿哈哈一笑："勾践忍让复国灭吴，孙膑忍让打败庞涓，我能不知！哈哈哈，走！"

众仙把关、朱二人送回大都，方按计划重访桃花山庄。

众仙腾云驾雾来到桃花山庄，去了仙人观，仙人观三字为崔护所写，用砖雕刻而成，精致美观，观中人头攒动，香烟缭绕。

众人走过山门，进入大殿，正面塑有八位仙人，按笔画为序，吕纯阳像居中而坐，两面壁上将当年画像放置于玻璃镜框内，人们可指认欣赏。背后，则悬挂吕纯阳、白牡丹二人的画像，十分亲切。

众仙看了很满意，这时一个道士上前打了稽首："请问诸位，怎与仙人塑像一模一样，是、是八仙下凡了？"

"正是！"

道人兴奋地奔出。

这时，一个中年妇人拽着一个十七八岁女孩哭着进内跪哭于像前："救命呀，仙人！"

铁拐李忙走前问道："大嫂所为何事？"

"一个歹徒，要逼我女儿嫁给他。"

"你回去告诉他，仙人观的仙人请他来一趟。"

"他若不来呢？"

"他若不来，仙人就去找他。"

"你？呀，你铁拐李大仙？像，像，好，不怕啦，走，丫头，找这个霸王去。"

张果老说："老百姓这样虔诚来求我们，我们远在四方，无音无信，老百姓求而无助，岂不反而恨我们？"

吕纯阳回道："说得对，不能冷了乡民的心呀！这样，我们九人轮流在此值班，救苦救难，伸张正气！"

众人都说这主意好。

这时，只见一位四十岁左右的书生疾行而来，到众仙前立刻跪倒，后面十数人亦跪下。书生说："崔护第十代孙崔修文迎接众位仙人来迟，伏地恕罪。"

吕纯阳忙上前扶起："怎么称呼？"

"我名修文，仙人可直呼其名。"

"没有投身仕途？"

"修文无缘于此，生不逢时。"

"何以？"

"全国纷纷举义旗反对元人统治，故遵从先祖遗言，不为五斗米折腰，在此靠劳动吃饭。"

"岈，可贵，崔护老人家——？"

"他，他和桃花老奶奶先后仙逝了。"

"走,去老人家坟上祭奠。"

崔修文带着众仙来到一座二人合葬的大坟,坟在树荫笼罩下,在一块大石碑后,显得十分庄严肃穆。更令人惊叹的是大坟的右侧立一汉白玉石碑,碑上雕有诗文,众人一注目,连连赞叹。原来上面雕刻的前四句是原句,后四句是续写的。

诗曰:

> 去年今日此门中,
>
> 人面桃花相映红。
>
> 人面不知何处去?
>
> 桃花依旧笑春风。
>
>
> 幸得仙人指迷津,
>
> 苦寻方知落陷阱。
>
> 外戚横行神必惩,
>
> 山庄桃红百花新!

吕纯阳问道:"这后一首何人所作?"

"是祖师爷亲续。"

"呀,续得好。"

众仙焚香点烛,烧化纸钱,拜叩坟前,情真意切,洒泪而起。

"先祖曾有遗言,仙人若来,定倾心接待,不可怠慢。请仙人去小楼午宴,请!"修文躬身邀请。

这时,那个妇人拉着女儿急匆匆前来叩拜于地:"仙人,那个歹徒,听仙人招见,吓得像老鼠似的,逃走了。"

"好，你母女请回吧，以后，此人再来，你立刻到仙人观找我们。"

"好，谢谢，谢谢。"

修文陪着诸位仙人重温当年之游。

修文说："现在桃花已谢，时届初夏，当年诸位仙人在此播下的牡丹已经吐蕊，还要绽放，此处将成牡丹花的世界了，百姓皆说，此处牡丹胜过洛阳。"

吕纯阳兴奋地一拍白牡丹："来得早不如来得巧，你的旺盛期到了。"

白牡丹兴奋得脸色红润，甜笑起来："真的来巧了，等牡丹盛开了，我们再走吧。"

"一定！"

修文说："牡丹开过，就是水中荷花盛放，再就是桂子飘香，菊花遍地，红梅吐艳了。这儿四季有花，观者甚多。"

"进入山庄收费么？"

"不收。"

"不收？你们靠什么生活？"

"进庄不收费，但走进水中岛上小阁、岸边草亭、品茶、闲话就得收费，另外种了许多水果，如苹果、蜜桃、梨、藕等可出售，在城里还开了一花店，把花折去出售，虽低价出也能赚一些。再就是河边那原米的荒地也雇人开垦成良田，每年所产粮食，足够食用了，正准备再开个米行和茶庄呢。"

"呀，公子还善于理财。"

"哦，哪儿呢，是有一个能干的管家。"

众人沿河上行，渐进山谷，忽闻书声琅琅。

吕纯阳举目远眺，惊呼："上次来，老人家曾说要建大私塾，如今已建了。"

修文答道："已建多年了。"

"好，好，这可是大善事，他还想筹办书院……"

"一直无有大学问家前来，如今有二位隐士和旅游人居住，算了算，山庄总体收入可供支出，略有积余。"

"善哉！善哉！你成善人了。"

次日，为八仙轮值日开始，白牡丹被推为首位当值。

吕纯阳鼓励道："别怕，勇敢点，多动脑子，八仙为你撑腰。"

"我试试。"白牡丹有点发愁。

"做一点善事，道行就无形地加高了。"

"真的？"

"这还有假，去吧！"

白牡丹进入观内，已有不少人在烧香，有一少女哭着下跪："我是个童养媳，整天被婆婆打骂欺凌，求仙人救救我？"

白牡丹虽隐身但却说道："请示伤口。"

那人卷起衣袖，撸起上衣，只见伤痕累累，血迹斑斑。

"可怜，你回去对婆婆说两句话，第一句，你问她你该想想你当媳妇时怎么对婆婆的？第二句，你若再暴打媳妇，三个月短寿十年。"她用拂尘在少女身上一挥，"去吧，她不会再打你了。去吧，我看着你呢。你说过后，烧饭干活别管她。"

白牡丹站立云端远眺，见少女回到家中，恶婆拿着一根木棍："你死哪去啦？"

兜头一棍，棍子临近少女却停下了。

少女："我去仙人观告你了。"

恶婆又死劲挥棒，棍棒还是在空中停下，恶婆大惊："你？"

少女来劲了："仙人要我向你说两句话。"

恶婆软了，退了："真的？这第一句？"

"第一句，要婆婆想想，当年你当童养媳婆婆怎么对你，你怎么想的？"

"苦啊！第二句呢？"

"第二句，三个月内，婆婆若再暴打我，会短命十年。"

"呀，少活十年，天呀！"

"今天起，我和你各吃各的，你不仁我也不义！"少女忙着烧饭，自吃自下田干活。

婆婆干瞪眼看着，空中人言："婆婆，你若待媳妇好，她会对你好，婆媳和好，阖家欢乐，有何不好？"

婆婆望天叩拜："一定听仙人之言，从此改正，决无虚言。"

媳妇在田野里也听到了，望空叩拜："仙人，她若待我好，我一定孝敬她老人家。"

吕纯阳与白牡丹

村子里百姓们都听见了，望空叩拜，同声说："我们都会和睦相处，阖家欢乐的！"

白牡丹临去又喊了句："乡亲们和气生财吧！"

回到仙人观，烧香的人仍很多，一位美貌小姐近前拜见："大仙，我想嫁人，但父母不允。"

白牡丹想起尤归事件的教训，至今阴影犹存，忙问道："对方是何人？"

"一位风流才子，一位伟丈夫。"

"他家在何处？"

"没去过。"

"家有几口人？"

"这我哪儿知道？"

"此人人品如何？"

"好！"

"平常靠何为生？"

"不知道？"

"有未婚配？"

"当然没有。"

"你问过他吗？"

"没有，如果已婚，他向我求婚作甚。"

"相见以来，你对他印象如何？"

"热情，关心，多才，英俊。"

"他家中情况，小姐一无所知，若是骗子呢？"

女的坚决摇摇头："不可能，不可能。"

"他家何处。"

"南边三十里外何桥镇。"

"叫什么？"

"叫，叫何俊才。"

"走，我带你去实地看看，此人若正派，本仙支持你。"说这话时，白牡丹心中后悔，当时对尤归若有此举，何必心头至今不安。

这时，人丛中一人说道："仙人不必去了，何俊才是我们镇上的纨绔子弟，平日游手好闲，家中已娶两房妻妾，平时还要找好看女人勾勾搭搭。父亲做官，他就仗势欺人，横行乡里，小姐，不能嫁给他。"

"不，我要亲自去看看。"

"好，陪你去。"

这一去，证实了那人所讲不虚，所问之人众口一词，此人浪荡不羁，且仗势欺人。

白牡丹从心底衷心地重复吕纯阳的话："小姐，识人不易啊！必须由表及里，由皮及骨，才能判断一个人的真相，望你跌个跟斗学个乖吧！"

"谢谢仙人大恩！"

六

第二天张果老值班。其实昨天吕纯阳一直隐身白牡丹身边，看她如何处事帮人，一天下来，对白的言行颇为满意，且看出她对尤归事件至今内心的悔恨。次日高兴地拉起白牡丹："快，去看盛开的牡丹花哟！"

众仙走近一大片密集的牡丹花地，只见洁白似雪，香气沁人，庄门一开放，拥进许多游客，人们叫好声不断，十分热闹！

吕纯阳热烈地一拍白牡丹肩胛："妹妹，这花成熟了，盛开绽放了，你也成熟了，办事有主见，有谋略了！"

"还不都是跟你学的！"

"为什么力主陪同那个美女去何桥？"

白牡丹坦然地说："尤归事件的教训啊！耳听为虚，眼见为实呗！"

"求道路上你前后判若两人，今非昔比了。我们东行求道期已满，即日可拜见师父了，我们也可行鱼水之欢了。"

"不忙，见过师父再说，办完求道大事，再说。"

"呀，你不急我倒急起来了，哈哈！"

白牡丹羞涩嫣然一笑，继续行走在牡丹之间。

晚间，张果老值了一天班回来，对众仙："这值班之事虽好，以后八仙天天分离，颇感不安。"

有人也有些同感，吕纯阳想了想："这样吧，先干一段时候再思良策吧！我们东行求道已到期，不日东行拜师。"

"走哪条道呢？"

"长江、黄河、钱塘江都走过了。"

"那就走长城，出山海关。"

众人皆赞成。过了几天向修文辞行，修文颇有些恋恋不舍，苦苦挽留，吕纯阳说明此行到了要向师父回禀的时候，不得不行。修文只得送众仙至十里长亭，洒泪而别。

修文正转身，忽见一彪人马，举着一面上书"杨"字的大旗迎风飘拂，为首一将军高大魁伟，十分剽悍，忙让道。谁知那将军跳下马来向修文一揖："请问前面仙人观内供奉何人？"

"乃上八洞神仙。"

"是吕洞宾、张果老诸位仙人么？"

"正是。"

"千里寻他都不见，如今有幸知道消息了。"

"喏，八仙正启程他去，我来送行，喏，就在路边。"

那位将军忙疾行几步，单膝跪下："见过仙人。"

"呀，小道们怎敢受将军大礼。"

"我的先祖曾千叮咛万嘱咐，见到仙人一定要下跪，末将戎装在身，不能行全礼了。"

"呀，将军祖先，是杨元吉将军么？"

"正是，他遗言后代，说八仙辛勤劳动为他治疗伤寒重症，请回先祖老令公遗骸，并请来徽宗皇帝为老人家祭奠，为天波府扬眉吐气了哇！"

"元吉将军真是一位有情有义的英雄呀，你是他几代孙"？

"惭愧，我也不知几代了，他老人家是宋代人，现在元代都灭了，全国统一成明朝了。"

"明朝？"

"太祖朱元璋定都金陵，封儿子朱棣为燕王。朱棣进驻大都，这不，正是他召见，我才率部去大都。"

"呀，又改朝换代了，那就请将军北上吧！"

"如此告辞。"

修文也再次拜辞了众仙，回转桃花山庄。

众仙向北，登上长城。只见群山连绵不断，长城外是一片无边无涯的草原，又见羊群，真是风吹草低见牛羊，雄伟壮观。

行了一段时间，已是初冬，飘起了雪花，大雪纷飞，千里冰封。

白牡丹欢呼道："好似白牡丹盛开呀！"

且说铁拐李值班后，与众仙汇合，说道："我每日清闲无事，且寂寞孤独，这办法得改改。"

吕纯阳说："日间见到姓杨的将军，让我想起画地为牢的余春后代，若有清官去了桃花山庄所属的县，我们就不必每日值班了。"

张果老一拍渔鼓："好主意，此事我去办。"

韩湘子附和："我也去，不过这姓余的后代，有没有清官呢？"

"如果有呢？"

"如有，请高官调往山庄所属那个县，老百姓有了清官，省得我们去了。"

张果老二人一走，铁拐李说："下去走走，到民间去，别长期脱离尘世。"

"好，这儿就可以下去。"

众人从长城脚下往东走，这里有人居住，时不时有小镇，镇上有街道。

走不久，张果老回来了："办成了。"

韩湘子说："这姓余的没找到，据说在山东南面什么县。"

蓝采和问道："那怎能说办成了？"

"我们在附近探访，民间反映有个姓于的县官是个清官，找到这清官，清官飘着三绺长须，一口答应，他说仙人有求，怎可不允？二位去求求我的上司张知府，他若答应我即前往。谁知我一去知府立即应允。"

吕洞宾赞成："好，好，此事办得好。"

张果老说："不过，我们还得隔段时间去一次，实地看看，也可重游山庄美景。"

众仙皆附和称好。

于是继续东行，这日来到山海关，吕纯阳突然感到一阵心惊肉跳，忙一掐指，大吃一惊，高呼道："不好，那日在苏州看到的那位江南首富沈万三正绑赴刑场。"

众人问："他做生意犯了什么罪？"

"走，边走边说。"

众仙驾起祥云，向钟山飞去。吕纯阳说："他出巨资、舍去聚宝盆，为朱洪武修金陵城墙，可他恃财傲物的毛病未改，口头虽称朱元璋为万岁，下跪叩首，可心里看不起这个出身卑微的小和尚，在言谈上、举止上、气势上总会显露出来，而这朱皇帝就怕人小看他，鄙视他，就产生了城墙建成必除之的歹念。"

众仙愤愤不平："忘恩负义的东西，他不配当皇帝。"

"他杀戮了不少为他争夺天下的将军，哼！"

"要设法救沈万三。"

"牡丹，你去后宫求求朱元璋的马娘娘，我们在刑场让监斩官拖延一点时间。"

众仙飞过大江，来至金陵城上空，只见雄伟的城墙把城市团团围住，十分壮观。城中，正有一队武士，押着一名头顶铁枷，脚上铁镣的犯人叮叮当当向前走着的犯人，两名刽子手手执大刀，身穿红色上衣，虎视眈眈，却有些双目含泪。

街两边全是人，人们纷纷议论。

"人家花巨资为你修城墙，修好了要杀人，天理何在？"

"这沈老板还亲自动手抬城砖，嗨，他没想到伴君如伴虎

呀！"

"他连传家宝聚宝盆也埋在洪武门下呀！"

"这朱皇帝只能同患难，不能同欢乐，手下的有功之臣被他杀得差不多了。"

"他会遭报应的。"

"他原是个佛门小和尚，菩萨讲慈悲为本，他还能不知道？"

"唉，天荒之年，这沈老板还囤积粮食，以平价出售，供市民度荒，了不起。"

"还赈济义粥哩，发善心。"

"可这皇帝却说他收买人心，图谋不轨。世上还有公道没有？"

白牡丹来到后宫，在宫人指点下，来到一位"大脚"的娘娘身边叩拜："马娘娘好"

马娘娘惊问："你是何人？"

"我是峨眉山仙人，我们九位仙人从金陵上空经过，被一股庞大的冲天怨气所阻，落下云头一看，市民们几乎万人空巷，全出来送一绑赴刑场的犯人……"

马娘娘急问："犯人是谁？"

"沈万三，人们同情沈万三，对这位建城功臣被杀，怨声载道。"

"呀！香梅，招待仙姑。"话未毕，走出深宫来到朱元璋半日办事处，往朱元璋面前一跪："皇上万岁！"

"呀，你也来为沈万三求情？"

"不，我为大明江山永固、平安求情。"

朱元璋吃了一惊："娘娘何出此言？"

马娘娘流着泪："你早不杀沈万三，晚不杀沈万三，偏偏在功成完满之日杀之，激起全城百姓极大不满，你派人外出看看民情如何？"

"呀，王安快去看看！"

"古人说，水可载舟，亦可覆舟，明朝刚刚建立，人心的得失至为重要。皇上应事事时时关注民心向背，来不得半点马虎……"

王安气喘吁吁奔回："皇上，宫门外，大街上，百姓拥堵街头，为沈万三路祭……"

"还未到午时三刻嘛！"

"百姓说死了再祭，沈万三不知道，还是活着祭好，皇上，大街上人们哭成一片呀！"

"民心，民心……"

马娘娘："皇上，你不能糊涂呀……"

"王安快传旨，恕其死罪，活罪难饶，充军丽水。"

"嗻！"王安奔跑出宫，飞马来到长干桥。

长干桥头，洪武门外，正绑着跪伏在地，等待砍头的沈万三。

监斩官："时辰已到……"

吕纯阳拂尘一挥。

一个小吏："大人，时辰未到。"

这时，蹄声得得，王安已到："接旨啦，皇帝诏曰：沈万三建城有功，将功折罪，死罪可免，活罪难饶，罚往丽水充军……"

四周，百姓齐声欢呼起来："沈老板，你受惊了。"

两个刽子手也躬身而别。

沈万三的家人扑上，祝贺、安慰。

差役押他回到监牢。

几位仙人对沈万三产生了兴趣，想听听他们讲些什么，于是隐身一旁。

沈万三问："那淫妇呢？"

一个漂亮、年轻的少妇："回周庄了。"

"哼，她毫无情义，淫荡成性，陷我于死罪。她没想到我没死，快，你和管家阿三回周庄，誓报此仇。"

少妇："我再伺候老爷几天。"

一个年近而立之年，身着朴素、干净衣服的人："夫人你去吧，这儿有我。"

"呀，阿灵！你——"

"得知老爷蒙此大难，急急从山西赶来。"

"听说你发财了，成山西首富了！"

"靠的是老爷聚宝盆上那四个字：诚信忍让。"

沈万三诧异地问道："这就怪了？我也遵从这四个字呀！"

"不，老爷守诚信，而不忍让，败在恃财傲物这四个字上。"

"不懂，人要勇敢、气壮，怎可……"

"这忍让二字，对敌手是斗争策略，对朋友是一种品德，勇，要讲智、讲谋略！"

"呀，呀，让我再想想。你再跟我讲讲你的经历，我好从中悟出点什么来。"

"好，老板先休息吧！"

沈万三："好，你为我担惊受怕了，也歇歇吧。"

待阿灵走后，沈万三对少妇："快走吧。"

"我把衣服洗好了就走。"

　

吕洞宾对阿灵的话，对他的经历产生了兴趣，于是和众仙跟着阿灵走了一段路，紧行几步上前施礼："阿灵先生请慢行。"

阿灵："前辈是？"

"峨眉山修道之人。"

"你们也是修道之人？"

"是的，先生碰见过修道之人？"

阿灵欲说还休："这，呀，请问仙家有何话说？"

"适才听得先生对沈老板一席话，颇多人生哲理，十分有理，想听听阁下这诚信、忍让四字有何亲身经历。"

"呀，请到茶馆小聚。"

众人走进茶馆，小二泡上茶。

阿灵："此等小事本不足道，众位既有兴趣，说出来请多指教！"

"请！"

"我本周庄一贫民，父早死，母久病在床，生活无靠，沈老板知道后，把我纳入粮行当差，为家母延医治病。为感沈老板大恩，我在秤上做了手脚，引起多位农民不满，发生争吵，正好老板走过，发现了我故意为之，不禁大怒，将秤杆折断，将我赶出门去。我心中不服，顶了他一句，讨饭也不进沈家门。他突然喊住我，问了原因，付给我十两纹银，嘱咐道：'拿这钱自谋出路去，跌倒了要爬起来，你的母亲，我再请医生治病。'"

"他看中你知恩图报，且有志气！"

"咳，我拿着银两哭了好久，瞒着妈妈，贩运茶叶，步老板后尘行至山西，卖给一家茶庄。主人见我老实，请我为他去湖南取五百斤黑茶，我完满地给他办了，他又留我为他办事。我从上次事件中得到才识，为人要诚信，所以，老板很信任我，重活、苦活我都干，而且干即干好。他一次要我将若干丝绸和近千斤茶叶带两个伙计走西口，贩运塞外，卖给一老主顾。尽管黄沙飞扬时走沙漠地，苦不堪言，但总算顺风顺水完成了任务。那日，两个伙计吵着要玩一天再往回走，我也想看看塞外风光，三人就到郊外一山地，来至一悬崖边，二人突然变脸，要我三分货款，各自逃窜，若我不允立即将我推下悬崖。在这生死关头，我虽力劝二人，说了做人的道理，要忠诚，可他二人恶意依然，我灵机一动，假意应允回去取款私分。一到城里，我即大叫冲向衙门，正在这时，突然被老板喊住，原来这是老板考验我的忠诚。从此，他信任了我，把唯一的女儿嫁给了我，转眼间我成了山西首富。若没有悬崖边的忍，后果不堪设想！"

"呀，你那份忍让说就是从这件事来的？"

"我还从一些书上看来的。"

"唔，愿闻其详。"

"古代吴国怎么败于勾践？因为勾践忍，他养马，尝粪，逐步取得夫差谅解，放回，这才有卧薪尝胆，复国灭吴。孙膑、庞涓本是同窗好友，后来庞做了大官，孙去投靠他，庞嫉其才，借个由头处以重刑，孙忍着，顺着，被释后设计打败了庞涓。我从中得到了对敌手忍让是种策略的道理。而亲朋，民间说让人三分不吃亏，忍让是一种品德，往往是成功的秘诀。"

"呀，聆君一席话，胜读十年书呀。"

吕纯阳问道："开始见先生时，您有些疑虑之色，不知何故？"

"我在来金陵路上，路过桃花山庄，见一仙人观，入内烧香，为老板祈祷；遇八位修道之人，他们说乃峨眉八仙，曾拜齐天大圣孙悟空为师，表情骄横；收敛财物，不择手段，我被他们敲诈了二十两纹银。绝非诸位谦逊有礼可比，故一见几位，以为是桃花山庄修道之人来此，有些惊骇，惧怕。"

"阿灵先生，我们会正确处置此事的，打扰了。"

八仙聚在一起议论纷纷，对有八人假借自己的名声谋财，欺凌百姓，十分愤慨，众口一词，要再去桃花山庄教训这些败类。

吕纯阳赞同："阿灵先生一席话，歹徒借名人名事骗取财物，事件发生在即将结束东行求道时，对我等是个教育，有助于我们领悟教义之精髓。"

众人夸道："你总是比别人想得深，望得远！"

"这样，这些歹人声称拜孙悟空为师，不能不告诉孙大圣，你们去桃花山庄，我去花果山。"说着腾云而去。

众仙化装成平民样，来到仙人观，走进观中，只见一道士拿着黄纸装订成的簿子："诸位，此观年久失修，贫道请诸位解囊相助！"

张果老："请稍待，请问诸位从何来？"

"我等乃上八洞神仙，吕纯阳、张果老、铁拐李……是也！"

又一名道人走近，邪着眼看看白牡丹："曾拜孙大圣为师，法力无边！"

"呀，天色已晚，我们明天前来烧头炷香，化缘之事，明日再办。"

诸仙走进山庄，山庄管事的："呀，怎么吕洞宾仙人没来？"

"稍停便至，请问庄主呢？"

"请随我来。"

这时，崔修文走来，他已老态龙钟，在两个儿子搀扶下缓缓过来，一见诸仙，满脸疑云："诸位是真八仙、假八仙？"

"多次见面，这还有假？"

"此庄为何名桃花。"

白牡丹笑着吟哦起来："去年今日此门中，人面桃花相映红。此名由此而起。"

"先祖名讳是？"

"崔护先贤也……"

"人面不知何处去，去哪儿了？"

"被一个姓晁的国舅抢去了。"

"呀，真仙人来了哇，管家晚宴欢迎。"

这时，吕洞宾从云头落下："呀，不怀疑了。"

"请！"

"庄主请通知四乡八镇，明日孙大圣要来辨别谁是真仙，谁是妖怪！"

"好！好！管家，快去。"

"多日不见，你老人家还很健朗呀！"

"若不是这假八仙扰乱，身子还要好。"

"那位县官老爷呢？"

"倒确实是位清官，他被假八仙一吓，吓成病了，好长时间没来了。"

仙人观里，一人急急匆匆走进："庄里正盛宴邀请适才在这儿的几个人晚宴！"

"呀，何故？"

"我一打听是真八仙来了。"

"呀，这，这怎么办？"

"走——"

"不，我们曾商量对付之法，明天用得上了。"

"是，放毒？"

"正是，我们人人天生有毒，以毒攻之，必胜。"

"对。"

"自说是真，说他们是假，决不改口。"

"到时，打不过各自原形隐藏，他们一走，再回来。"

"准备啦！"

次日一早，旭日东升，乡民们已齐集观外，吕纯阳等九位仙人一早就来到观外，向大家作一个揖："乡亲们，久未见面啦，大家好。"

八仙观中走出一个领头的："你别讨好卖乖，假的就是假的。"

韩湘子："你倒真会装。"他把白牡丹往前一推，"你们怎没有牡丹仙子？"

"八仙就是八仙，多一个就是假的。"

"来，假韩湘子，我俩吹笛，比比真假高低。"

"比就比。"

"笛能伏虎，箫能引凤，你懂不懂？"

"哼，齐天大圣你知不知道，我们是他的徒弟，你敢和老子比？滚。"

突然，空中人语："俺老孙来也！"

围观者一阵惊呼："大圣，大圣！"一齐躬身下跪，孙悟空当即还礼："诸位请起。"

礼毕，孙悟空大声："谁是悟空徒儿？"

八个歹徒一齐下跪："恭迎师父！"

"本大圣从未收徒，尔等怎说曾拜我为师？"

"我等生在水帘洞边，除吸日月之精华外，常听师父给猴子猴孙讲佛法，教武功，故称大圣为师，久而久之，修炼成仙，故称八仙。"

"到这儿何故？"

"这儿有仙人观，供奉八仙，故来此。"

"那么昨儿来的八仙呢？"

"他们是假的，冒牌货，请师父严惩。"

九仙往前一站，"见过孙大圣。"

"呀，老朋友了，我先辨别真假，再叙旧情。"

孙悟空突然双目射出两道银光，在各人身上扫视一遍："哈哈，尔原来是一条眼镜毒蛇！"

话未完，那歹徒化身眼镜蛇腾空而起，缠住吕纯阳，蛇头却向吕的颈部咬去。

众人大惊，惊声未断，只见吕纯阳刹那间变成一只巨型河蚌，蚌壳边十分锐利，夹住蛇头，直向毒蛇猛刺。

这时，孙悟空一棒打下，毒蛇竟滚落在地，渐渐僵硬了。众百姓欢声四起，又一歹徒高喊："放毒"。顿时，有毒蜘蛛、蝎子、黄蜂、蛇和一些不知名的动物，在天空中飞舞，吓得百姓们四散而逃。这时，汉钟离拿起扇子猛力一扇，刮起了一阵狂风，张果老拍打起渔鼓，顿时如巨雷轰击，毒物纷纷坠落地上，孙悟空奋起金箍棒将几名歹人击毙。

歹人中跑出一青年，跪在吕纯阳身前："大仙，我虽是他们中的一员，因看不惯他们的恶形，逃过三次，三次被逮回，遭到毒打，请仙人救救我。我，我愿意做个好人，求你啦！"

"好，别离开我。"

孙悟空见事已毕，告辞众人驾云而去。吕纯阳去县衙门向知县大人说："此处恶人已除，此地百姓的善恶争吵诸事，仍交由父母官办理了，祝你荣升！若高就，还请挑一清官来此，别辜负了百姓期望。"

"我一定将这父母官做好，爱民如子，决不妄言欺人。不过，诸位大仙，有空还是来走走，百姓想你们呀！"

"咳，百姓说，人怕出名猪怕壮，此话听似平淡无奇，但细想一下，却是一种人生哲理。人一成名，必有多人依托，他们有的靠这棵大树往上爬，有人表面拍马吹捧，背地里却恶意中伤，别人一想你敢中伤名人，必然有大才、有本领、有见识，身价就提高了。出了名，自己也渐渐忘记自家的身价，就会仗势欺人，就会鄙视友朋，不分是非，走向堕落，失败而不自知。这仙人观建立之初，我们想名，名传千里，香烟缭绕，这一出名糟了，坏人就利用这个名作恶乡里。这话里蕴含的意思值得我们好好探究。"

张果老一旁说："一个人干得好就有名，干得不好就得恶名，关键是如何对这个名？"

铁拐李："别说玄的，请师父指教吧！"

知县说："诸位仙人思谋极深，我这七品官做得好，就有了清官之名，如何对待这个名，当三思三省。古人说：出头椽子先烂，我清廉为官，别的县官就会嫉妒，怕我升官管他们，必然背后说我坏话。"

"到时我们会帮你。"

"大仙们离别时，下官来送行！"

"大人公事繁忙，不劳驾了。"

"如有难处，请来观中诉说，我们会来的。"

"谢谢！"

"如此告辞。"

告别了县官，吕纯阳对庄主说："真假八仙之事一闹，这儿更出名了。"他把那年轻道徒一推："这是假八仙之一，但是个好人，一条善良温驯的玉兔，让他在观中修炼吧！"

兔子说："庄主，我一定改恶从善，决不给庄主添乱。为了防备歹人，我将身上所习武艺法术传给诸位兄弟，以为防备之用。"

汉钟离说："好，今夜我们再传授一些武功法术给你，你若用于作恶，必恶有恶报。"

"小人若作恶，天必严惩，死得比那七人更惨。"

"好，愿你成为一个说真话，办实事的人。"

铁拐李一看天色："我们去向崔护前辈告别吧。"

众仙和崔家父子去崔护和桃花坟上祭奠完后，庄主说："上次我曾说要种一片梅花，前几年已完工，去年绽放，引来万人观赏，请。"

蓝采和高叫一声："呀，飘起雪花来了，雪中赏梅，更有情趣

呀！"

"呀，有的已在风雪中绽放，走——"

众人进入梅林，多棵树上寒梅怒放，香气沁人肺腑。

汉钟离高兴道："呀，不虚此行呀！"

吕纯阳到处摸着树权细望，沉思，白牡丹问："你又在想什么？"

张果老感慨道："我发现这吕大哥就是会动脑筋，比大伙看得远，想得深，说出来听听。"

吕纯阳："你谬奖了，这事儿太小了，不值得诸位思考。"

何仙姑："你就别谦虚了，说出来大家参悟参悟。"

"好，诸位听说过一句话么？红花绿叶托。"

"对，绿叶托住就更美了。"

"可这梅花，大家请看，不开花时绿叶旺盛，一开花叶儿纷纷落地，这梅花不要绿叶托，独自显芳菲呀！"

众人直点头："是这话，这梅花骄傲呗！"

"不，她傲霜雪，顶严寒，独自开放，不需绿叶托，是一种自强的精神，值得崇敬歌颂。"

"对，你歌颂几句呗！"

"我在峨眉山赏梅，就有写几句顺口溜歌颂的想法，可惜文化太低，胸无墨水，无法下笔。后经太乙真人教读古籍，又受关汉卿的影响，渐渐胸中有了些句子，我不怕大家见笑说出来，请大家评判。"

"别啰唆，说吧！"

吕纯阳沉吟了一下，吟哦起来：

> 卜算子（咏梅）
>
> 庄西有山谷，
>
> 万株梅叶绿；
>
> 待到风霜雨雪过，
>
> 梅开叶儿落。
>
>
>
> 并非花儿骄，
>
> 梅本自强木；
>
> 人间理应互帮衬，
>
> 首当自立足。

话未完，众仙已欢叫起来："这哪儿是顺口溜呀，分明是首好词。"

"词儿美，含义深，好，好！"

"尤其是末句：首当自立足。这话对，自己站不稳，东倒西歪的，算什么自强！"

"大哥歌颂了梅的自强精神，好。"

何仙姑戏弄地："白妹妹，即将成亲啦，你与大哥就夫唱妇随了！你也来几句。"

白牡丹捶打起何仙姑来："你真坏，拿我这文盲开玩笑！"

雪花飘拂中，众人尽兴而返。

次日一早，众仙告别庄主，向东飞行，出了山海关，来到白雪山顶，拜伏于师尊前。

昊天大仙喜洋洋地说："徒儿们此行辛苦了，一路伸张正义，惩治凶顽，救苦救难，仁爱公平，好，这四句十六字儒释道的精义全融在一起了。你们的言行太上老尊知之甚详，十分欣慰，为师也极表嘉奖，你们一路劳顿，先休息几天。我已命人筹备吕白二徒的婚庆大典和你们的庆功酒宴，两件大事一起办了。纯阳、白牡丹喜结良缘，举行婚礼，为师主婚，婚后在此休息数日，开始悟道，发给你们《道德经》《南华经》《易经》《韩非子》等书各一册，用此次东行求道各种言行与熟读经典相对应，分析、理解，深悟道教教义，提高道教理论水平，以便日后大用。好吧，吕、白二位去新房看看，有何不足之处，可再完善！"

这日，二喜合一喜，婚庆与欢迎宴会上，昊天大仙的徒弟全来了，连太乙真人也到了，十分热闹，尽欢而散。

洞房中，白牡丹羞涩地说道："过去我是一个凡人，只求生儿育女，求享乐，图安逸，不知不经一番寒彻骨，哪得梅花扑鼻香的道理。一错再错，夫君，你要原谅我。"

吕纯阳搂着白牡丹："人都有错，改了就好，我也错，没向你讲清东行求道之要旨。而且一个男子对性的渴求比女人更旺、更盛，每次相见我都是欲火如焚，若是旁有一仙女撩拨勾引，说不定会犯更大的错误呢！"

"你东行路上，道行、思想、文化多方面都有长足进步，令人敬佩！"

"你不是也进步不少，特别是跟朱帘秀相遇时，你那种求知欲十分旺盛，今非昔比呀！"

"别吹捧了。"

"呀。"吕纯阳抱着白牡丹往床上一滚，"享受鱼水之欢呀！"

顷刻间床上被翻红浪，浪声不断，多年的期盼一朝实现，二人尽欢方罢！

婚后，两人精读道教经典书籍，联系一路所看所干之事之物之人，领悟道教真义，最后每人作了一发言，昊天大仙亲自聆听，十分认真严肃地说了一番话。"徒儿们今日所讲，从现实中探求道义，颇为实在，不虚幻缥缈，《逍遥游》所讲的一些大用、小用、有用、无用、实用、不实用的寓言故事论证了名实之间，实为主人，名为随从，最终的指向应该是那种顺应天地，万物合一的至人、神人、圣人。在长久的历史发展中，讲到道教都是炼丹，求长生不老之术，以及占卜、算命……，更有旁门左道之徒，借道教之名，求牟利之实。这种现象对道教有污蔑鄙视之嫌，更有歹徒不严于道义道规，更使道教形象大损。道教这个土生土长于中华大地的文化，其意深奥精湛，人们所看重的无为而治，其实是循天地自然规则行事，而不违天理，逆天而行，即可大有作为。从此以后，你们要身体力行，弘扬道教教规，为百姓多做好事，喜事，牢牢记住一个教的门人，只管自己修炼成仙，长生不老，不为百姓办事，要这个教干什么？对天对地有何益？更要向儒家、佛家学习，努力融合儒家、佛家于一体！

昊天大仙突然严肃起来，你们都要回答一个问题，祖师爷为何创立你们为什么要修道成仙？仙人要干什么的？"

众徒弟跪叩于地："敬听恩师指导！"

昊天大仙说："这是一个大课题，你们先讨论，再指导。"

"是……送恩师！"

大仙又严肃而郑重地说："徒儿们，悟道的路还长着呢，要一步一步踏踏实实地走。"

众仙垂首一躬："仅听恩师教诲指导。"

尾声

悟道活动结束，白牡丹问吕纯阳："下一步怎么走？"

"你有什么打算？"

"我心中念着祖传的那座药店。"

"你想开一家药店？"

"是的，开在桃花山庄附近。在山庄里，选块山坡种植药材。"

何仙姑听了，拍手赞成："妹妹这主意好，你一人太孤单，我也参加。"

吕纯阳一拍掌："行，你们一个管账，一个抓药，我当个郎中，为人看病，开处方。"

白牡丹兴奋道："这真是天作之合，全啦，就这么办了。"

在一旁站着的张果老："我们干什么呢？"

吕纯阳："大家出主意，你且思谋思谋！"

曹国舅说："果老，我出个主意，庄主不是想办一个书院吗？我和你走遍全国约请道观、包括道院、道居的道学人士来论道，做老庄之学研究。"

吕纯阳一拍国舅肩胛："上上策，好！每年举行两次，每次请师父亲临说法。"

张果老欣然："真是众人拾柴火焰高呀！就这么定啦，我这小毛驴儿可以大展奇技了。"

韩湘子凑热闹："我去教孩子们读书。"

蓝采和："我也去。"

吕纯阳大为赞成："湘子，你伯父韩愈写过一篇《师说》，十分出名，此论十分精辟，你正好来实践。"

韩湘子："你这么一说，教书不仅教孩子识字，我也对得起伯父了。"

铁拐李拉着汉钟离打趣道："我们二人干啥呢，失业了，成游方道士了。"

汉钟离苦着脸："游方就游方吧，不，俺两个去八仙祠，助百姓除暴、安良。"

铁拐李："好，我二人算是预备队，哪儿忙帮哪儿，办学术讨论会果老二人人手不够我们帮，药店要草药，我们帮着种。"

汉钟离："不过，八仙祠被歹人侵犯，我们还得去沪渎八仙桥看看。"

吕纯阳："对，说的是，先这么定了，情况有变，再作调整。不过这一主张要请示昊天大师，他点头了，才定得下来。"

突然，一阵笑声从天而降。昊天大师飞身而来："为师都听见了，这主意好，你们所设想的事都与百姓利害有关，百姓需要就好，既为百姓办事了，又宣扬道家教义，好，好，为师同意啦！老君先师认为作为天地之始，宇宙之根，万物之宗，事物之'则'的道，是一个无限展开的过程和不断发展的进程。过程和进程反映的是田道所构成的世界，乃是一个运不居、循环反复的存在。祖师爷所提出的'大曰逝，逝曰远，远曰返''返世道之动'所要表达的正是这一深意，它的要义是：'道'是一个实践过程。你们正是用行动实践道之深义，好！"

吕纯阳："呀，师父所论我等一定深入探讨、研究、阐释，一定在实践中去悟道求道，宣扬道教之真义！"

白牡丹："师父，我准备去拜望太乙真人，感谢他老人家救命之恩。"

昊天大师情绪也有些激动："好，代为师向他请安，问好！"

其他几人同声："我们八人也去。"

"好，去吧！"

九人上了路，祥云飞至峨眉山，叩见了太乙真人，不敢打扰太久，并往桃花山庄飞去。

突然下界一股黑色气体冲上云霄，众人忙落下云头观看，这是南昌府地界，只见一壮年英俊才子，在两名俊婢陪伴下，正在长街散步。

吕纯阳掐指一算："呀，此人乃苏州江南才子唐伯虎，乡试得中第一名，解元及第。京试成了朝廷派系斗争的牺牲品，入了天牢，释放后，为此处宁王聘为幕僚，此人将有大祸临头……"

众人："得救他——"

　　这时唐伯虎正向人群走去，人群中有一被咬死的仙鹤，一老人身穿孝服正跪着。八仙加白牡丹隐身一旁，只听唐寅问身边一位老人："请问老人家，这是何故？"

　　老人家抬眼看了看唐寅，愤然道："这只仙鹤从宁王府飞出，被王老汉家的狗咬死了，王老汉见仙鹤颈上挂有宁王府的牌子，忙去王府赔罪，王爷大怒，命人打死王家犬，又将老汉责打二十板，要他为仙鹤披麻戴孝。"

　　唐寅听了，愤然作色，众仙也都义愤于色。老人又说："宁王还不肯罢休，派人去官衙要判他的罪，大家正等衙门的消息呢。"

　　唐寅连呼："可怜，也可恨——"

　　女婢忙说："解元，走吧！"

　　唐说："不忙，看衙门怎么说？"

　　这时，老人又开了口："客官是外地人吧？"

　　唐寅答道："是，江南吴中人氏。"

　　"唔，多说几句无妨，这儿将有一场刀兵之灾呀！"

　　唐寅惊问："老伯之说何意？"

　　众仙也互相看了看，凝神静听。

　　老人说："宁王要造反，在鄱阳湖内日夜训练水军，王府办起武馆，私造兵器，招来多名江洋大盗。"

　　婢女低声："别听谣言，快到中午了，快走。"

　　唐寅摇摇头："再等等。"

　　说话间，只见几个衙役疾步而来，在墙上贴上告示，上写二十四个大字：鹤虽挂牌，狗不识字。禽兽相争，何干人事？所请不准！

人群中欢呼声起：公平、公平。

有人扶王老汉迅步走去。

那位老汉长叹一声："这位青天大老爷，恐怕会招来杀身之祸！"

唐寅愤然道："走——"

二婢忙问："是回家？还是去滕王阁？"

"回苏州。"

众仙紧紧跟着。

一女婢说："这太危险了，王爷不会让先生走的。"

"腿长在我自己身上，走。我堂堂江南才子，岂能为叛国之行效力？"

"可，可，王妃去龙虎山了，她对解元极为关怀，你等她回来告个别，也是人之常情，怎可不别而去。"

"我往龙虎山走，一路等她告别。"

"带我们走吧，解元——"

"十分愿意，可不敢不能，如之奈何？"

吕纯阳对何仙姑和白牡丹："你二人先去龙虎山看看王妃之行是何意？"

"好，立即去。"二人足登祥云，飞往龙虎山。

夜半更深，唐寅背着一个布包，在山间崎岖羊肠小道走着，嘴里哼唱着什么调儿，突然耳中有声："解元唱什么？"

唐寅一惊："你是谁？"

吕纯阳笑道："深山幽谷，夜半人语，不是鬼怪，就是上仙。"

"呀，阁下是仙是鬼？"

"对歌唱有趣，当为仙。"

"大仙在上，唐寅有幸，这儿有礼了。"

众仙显身："解元所唱为何？"

"家乡昆曲？"

"什么内容？"

"《西厢记》里《长亭》。"

"解元适才所吟唱何曲？"

"乃《长亭》，所唱正宫·端正好。"

"恳请解元再唱一遍，让山人们欣赏人间之乐。"

"如此献丑了。"唐寅吟唱道："碧云天，黄花地，西风紧，北雁南飞，晓来谁染霜林醉，总是离人泪！"

众人拍手叫好："词美曲美，解元心情也正愉悦。三好汇成超过仙乐之佳品！"

"我已逃出虎口，多日忧心忡忡，如今神清气爽，岂能不乐？"

吕纯阳说："解元，宁王谋反，你知之颇多，他能放你吗？你看——"吕一挥手，只见两匹骏马驮着两名身挎利箭的刺客前来，大叫："解元公，王爷千岁请你回去。"

原来，尽管二婢一再拖延时间，但不能不报，宁王得知大怒，立命二刺客追杀。

刹那间，二马已到唐寅身边："王爷请你回去。"

"唐寅决心既下，决无回返之理。"

二人拔出剑来："王爷说，死要见尸，生要见人。"

"死在尔刀剑之下，比死于国法严惩有气节，比戴上叛逆分子罪名要强。请吧！"

二人挥剑，却在空中被拦截落地，二人大惊，山间忽地一阵旋风，原来是汉钟离大扇一扇，二人被吹落悬崖，僵卧溪水滨。

吕纯阳："还得让他们活着回去报信才是。"于是宝剑一指，一道白光直指二尸。

唐寅惊道："几位仙人法力高深，请问是何路神仙？"

"上八洞神仙，吕纯阳、张果老等是也！解元不必辛苦跋涉了，张果老用毛驴送解元回去！"

"不，我还没与娄妃娘娘告别。"

"如此请！蓝、韩二位陪解元走走，我们先去龙虎山看看！"

龙虎山山门大开，雄伟恢宏，香烟缭绕，虔诚的香客络绎不绝，道教弦乐声绝美动听。众仙与白、何二仙会合。

大殿外，娄妃仪仗队正歇着，大殿内，大红烛高燃，香烟如雾中，娄妃正向老君神像叩拜。

张天师长髯飘拂，站立相陪。

娄妃叩拜毕，张天师："娘娘，请这儿来。"

在天师引领下，娄妃来至一优雅、满是奇花异草的客厅，道童送上香茗。

天师恭敬地："此乃龙虎山土产茶叶，已有数百年历史，娘娘请润喉。"

娄妃呷了一口："呀，果然名不虚传，山间自然之美，较之城市舒心多了。"

天师笑了笑："贫道见娘娘脸色冷白，愁云时起，心情忧郁，有事否？"

"呀，天师所言极是，实有事麻烦。"

"请说。"

"年前，王府突来一道人，一身邪气，自诩道术高深，被宁王聘为军师，近日劝宁王谋反，为宁王叛逆出谋划策。依我看来，乃旁门左道，故想请——"

"娘娘请明言。"

"请天师收之、逐之，还王府一个忠君爱国之风，不知有违贵教教义否？"

"娘娘之请极是，人们错以为道教仅炼丹、巫术、测字、算命之术，殊不知学说渊博，深邃，讲究天人合一，人与自然和谐，以及认识万事万物的道理。讲究不论贵贱尊卑，必具敬畏、慈悲、平常之心……不多说了，这个狗头军师，败坏道门风气，贫道必除，不知此人何姓？"

"姓刁。"

"请问娘娘，除去此人，千岁如尚存叛逆之心呢？"

"这——"

"世上唯有娘娘可劝诫之。"

"唉，子曰：世上唯女人与小人难养也。女人人微言轻，力量单薄，怎能成就之事？"

"娘娘所虑虽是，但非我道之义。先师主张以柔克刚，柔乃阴柔，刚为阳刚，阳为男，阴为女，女子能克服男人之非。上古如女娲补天，往下看木兰代父从军，梁红玉击鼓战金，更有南国洗夫人，一统南方诸部归顺天朝，还有，武氏称帝，女人不输男人。娘娘天资聪慧，人格高尚，当可担此重任。"

"天师博学多才，聆君一席话，胜读十年书，请示何法可行？"

"方法在于人去寻求，如从古书寻些章节诫示宁王，等等。"

"呀，谢谢教诲，吾当三思。"娄妃起立。

"日已偏西，明日再返吧！"

"不，此事关乎吾家兴衰，不可迟缓。"

"那就请吃一碗山间山珍素面，也不枉到此一行。"

汉钟离激动现身："此法甚佳，以儒家君君臣臣话之，妙！"

天师大惊："你，呀，诸位！"

张果老笑道："今儿来此，是讨一碗山珍面吃的。"

张天师见眼前现身多人："诸位是——"

曹国舅："我等乃峨眉山八仙。"

张天师拉出吕纯阳："这么说，你是纯阳兄了。"

"正是在下。"

"你在路上救了唐伯虎？"

"小事一桩。"

娄妃回返途中遇唐伯虎，吃惊了："先生怎到此？"

"唐寅家中有事，急欲回返，因未与娘娘道别，故在路上等待。"

"先生急欲返苏州，王爷知道吗？"

"未尝告别。"

"你是发现他反叛之心了？"

"无意听说。"

"解元请暂待数日返苏，在古籍中为学生寻找忠君报国之词。"

"行，娘娘何所用？"

"解元心知肚明，何必动问。"

这日一早，张天师来到宁王府，求见刁军师。二人一见面，张天师便直率地说："我乃龙虎山张天师，我们道家不助凡人叛逆，自管修行，钻研老庄之学，为百姓救苦救难，跟我到龙虎山修炼吧！"

"胡扯，道家难道无国无家，国必有贤君，百姓方有生路，此乃大事，老庄之学也不避讳。"

"你眼前的宁王贤否？"

"贤！"

"鹤被咬死，罚老人披麻戴孝，责打二十且要官府判罪，贤否？"

"此等小事，山人不知，休得在此啰唆。"军师转身进门。

张天师拦住："你助宁王训练水陆大军，战端一开，万人死伤，血流成河，这是崇尚的修炼者之道么？"

"不必多言，你走你的阳关路。"

"你可不能走独木桥。走，跟我走。"

"你想来硬的？"

"愿意奉陪。"

刁军师突然舞起双锤，摆开架势，张天师拔剑以待，就在这王府广场上恶斗一场，斗多时刁军师渐渐不支。

突然，刁军师不见了，张天师双目射出金光，四处搜寻，忽然化作雄鸡，啄一蚂蚁，蚂蚁见鸡，立刻跃入广场前一条河中，张天师立刻化成鱼鹰……

人们愈聚愈多，看着从未见过的神妖七十二变。

这时，刁又化成毒蛇，张天师化成一捕蛇者，几经折腾，刁化为猛雕，冲天而去，霎时天空乌云沉沉，电闪雷鸣，雕鸟飞不久就被雷击落于地。

张天师手一招，飞雕在手，顷刻间天空云散日出。张天师扬长而去。

宁王失去军师，正自惆怅苦涩，听说娄妃回来，只能强作欢颜。他对娄妃之美、之正派、之高尚，婚后一直宠爱、尊敬，这时迎到门口，扶着娄妃："妃子辛苦了。"

"为王爷修福长寿，何言辛苦？"

宁王突然看见唐寅："呀，解元不是回苏州了？"

"为娘娘担忧，何言回去？"

"呀，如此甚好，又可听解元教诲了。"

次日一早，唐寅来到"桐音馆"娄妃住处，将一张白纸交给娄妃："娘娘交办之事，尽在纸上写着，妥否？请娘娘核阅。"

娄妃立刻翻开，只见纸上写着十六个大字：大邦维屏，大宗维翰，怀德维宁，宗子维诚！又读几遍，连说好好："请问解元，这十六字出于何处？"

唐寅答道："此乃《诗经·大雅》中之语。"

"请解元释之。"

"大邦维屏，说的是分封的诸侯，乃王室屏障，理应拱卫朝廷。"

"妙，这次句？"

"这大宗维翰，这大宗，乃指皇帝宗族，维翰，引申为国之重臣。此语意为宗室亲王应为国家的围墙。"

娄妃拍手称好："再往下。"

"这第三句，怀德为宁，乃宗室应保护封地百姓的安宁之意。这第四句，宗子维诚，娘娘自然明白。"

"好，等他下午来此，我将细读详解。若解元亲解，王爷必不满，对解元不利。"

隐身一旁的八仙人人点首，伸出拇指。出门后，吕纯阳说："这唐伯虎真才子也，非虚言浮夸之人。走，下午再来。"

下午，宁王听娄妃这番解释，知道她是劝诫之意。宁王素来狡诈、善变、欺人，于是装着诚挚之态："妃子一说，在之前我确有非分之想，这十六个字使我茅塞顿开，自即日起，我要解散武馆，停造兵器……"

娄妃惊喜："真的。"

"真的，妃子择其中两字雕刻置于身旁，我将学勾践卧薪尝胆，日日观之，以守宗室之责。"

"王爷此行，令人感动，我选'屏翰'二字如何？"

"甚好，请贤妃书之，我命人雕刻于石上，立于议事厅外，日日见之、守之。二字刻好，将举行竖碑典礼，请当地官府士绅参加以为证。"

娄妃激动而泪。

隐身在旁的众仙人人动容，唯吕纯阳心飘疑云。

碑文雕凿好后，覆盖上红绸，果然举行了竖碑大典，那晚真是人头攒动，官绅云集，一切按程序进行，全城十分欢乐。

吕纯阳对众仙说："此人转变之快、之好令人起疑，至今兵器仍造、武馆未撤、水军操练正热，他只是为了欺世盗名，欺骗娄妃，这位妃子人品好，可惜只是懂世情，不识人，不知同床人之险恶，可怜，更可敬！"

张果老："那该让解元公快些离开这是非之地了。"

"对，用毛驴儿送他走，宁王必派人谋杀。我要授之以自保之法。"

众仙极表赞成："我等又可去桃花山庄了。"

众人大呼："回桃花源了！"

张果老："我可趁机去各地邀请名家学者来参加学术大会了"。

吕纯阳："好，我提议大家合力先把学术大会开成功，隆重、有深度，让昊天大仙满意。除白、何二位筹办药店外，其余请去往多地，邀请名流、学者参加，为办好第一次学术大会全力合作。"

这个提议受到众人欢迎，迎来一阵喝彩声！

从此，各人按分工分赴各地去也！

——丁酉年（二〇一七年）六月完稿